I0660245

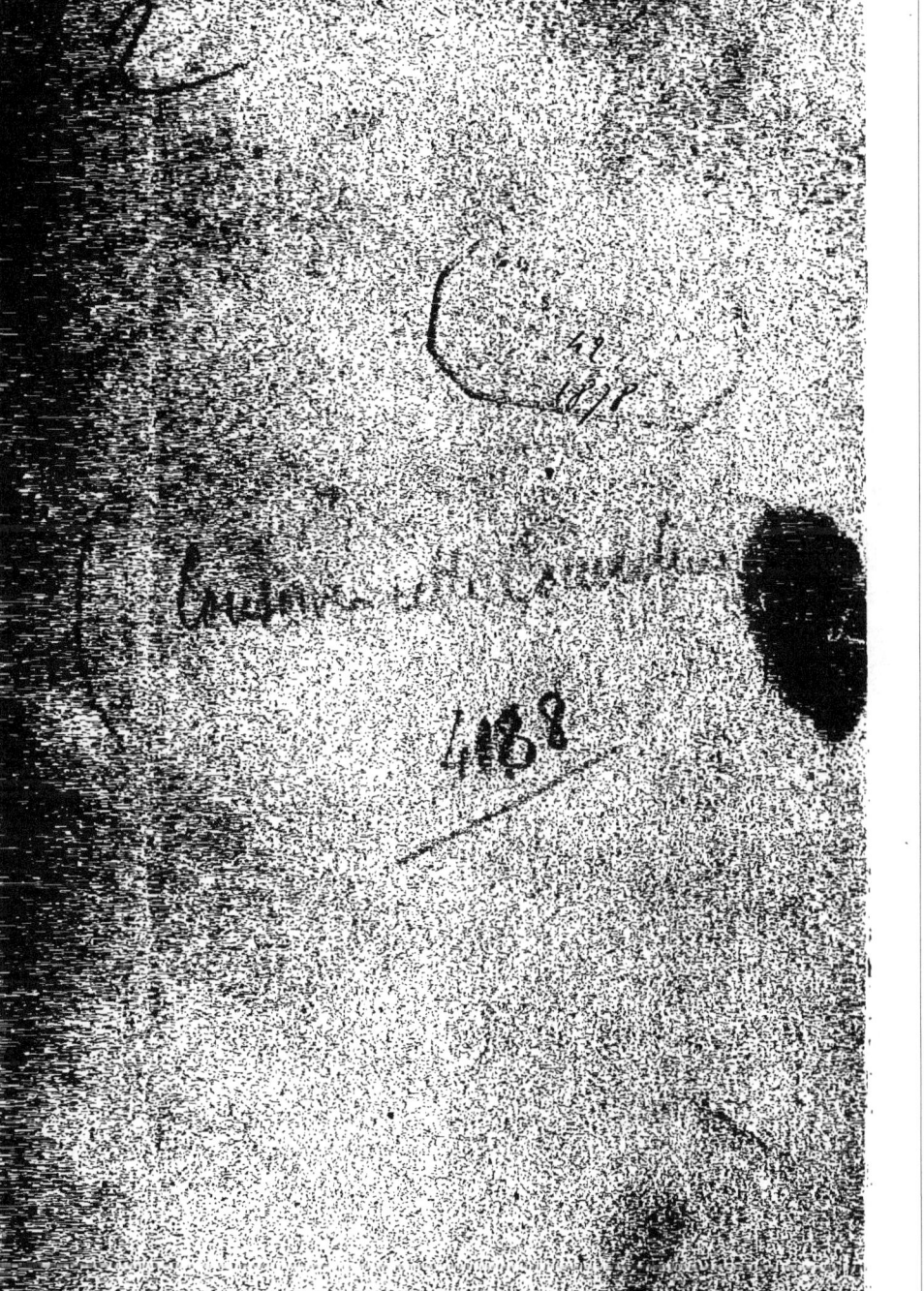

LAIDE

CALMANN LÉVY, ÉDITEUR

DU MÊME AUTEUR.

IMPRIMERIE GÉNÉRALE DE CHATILLON-SUR-SEINE — JEANNE ROBERT

LAIDE

PAR

JULIETTE LAMBER

PARIS

CALMANN LÈVY, ÉDITEUR

ANCIENNE MAISON MICHEL LÉVY FRÈRES

RUE AUBER, 3, ET BOULEVARD DES ITALIENS, 15

A LA LIBRAIRIE NOUVELLE

1878

Malgré ses encouragements, je n'avais point osé dédier un seul de mes livres à mon maître George Sand.

J'ose dédier celui-ci à sa mémoire, comme témoignage de l'éternelle reconnaissance que j'ai vouée à la plus grande et à la plus tendre de mes amitiés féminines.

JULIETTE LAMBER.

Bruyères, décembre 1877.

1

LAIDE

I

Le sculpteur Martial et Romain, le peintre,
habitent au numéro 17, quai des Tournelles. Ils
y ont chacun une demeure particulière sur un
terrain commun. Le premier hôtel, bâti dans
le style de la Renaissance, appartient à Romain.
La colonnade est l'œuvre de Martial qui en a
orné les fûts de branchages, de guirlandes, de
plantes entrelacées. Sur les moulures de la
frise, et dans le champ des extrémités, courent
des arabesques où les draperies, les animaux
fantastiques, les fruits, les feuillages, les ru-
bans noués, tressés, suspendus, soutenus, jetés,

se groupent et s'entremêlent avec art. Au milieu du frontispice, les Gemini, adossés à la muraille, debout l'un à côté de l'autre, regardent la Seine rouler ses eaux. Castor, de sa main gauche, oblige au repos un cheval indomptable, tandis que Pollux menace de son bras droit un athlète renversé, qu'il a vaincu au pugilat. Le visage des fils de Jupiter est calme. Assurés de leur force habile, les Dioscures sont paisibles aussitôt après l'action violente. Ces vainqueurs n'ont pas douté de la victoire.

L'habitation de Romain est la copie fidèle d'un appartement au château d'Anet. Des lambris sombres, de superbes menuiseries sculptées par Pierre Bontemps, des verrières de Jean Cousin aux fonds pleins d'ombres avec de belles figures lumineuses, des fresques élégantes d'une inspiration encore chrétienne, de hautes cheminées où s'entrelacent les plus merveilleuses fantaisies de l'art décoratif, tout, jusqu'à l'atelier du peintre, rappelle le style maniéré de l'école milanaise. L'artiste et

son intérieur se ressemblent. Ils ont un air
de mysticisme galant, de mélancolie révoltée,
de méditation sensuelle. Derrière les vitraux
qui font de la maison du XVIe siècle une
sorte d'église chez soi, le respect du sacré
voltige encore, mais la pensée, en méditant
sur les belles formes humaines des sculptures,
tressaille à l'amour renaissant de la beauté
antique.

Dans la cour de l'hôtel de Romain une
autre maison est construite, celle de Martial, sa
maison grecque, aussi sobre d'ornements et
d'astragales que celle de Romain en est surchar-
gée. On n'y voit que des moulures, des lignes,
point d'ornements. La distribution intérieure
est une copie exacte de ce que devait être l'habitation d'un sculpteur grec marié. Au centre
une large pièce, l'atelier. Sur l'un des côtés,
la salle des festins, de l'autre, les chambres
des esclaves. Au premier étage, le gynécée. A
droite et à gauche d'un spacieux salon, les appartements des femmes.

Martial, artiste de grand talent, mais sectaire, n'admet aucune innovation lorsqu'il s'agit
de style. Quoiqu'il ait des complaisances, des
faiblesses pour la Renaissance de Romain, au
fond il la dédaigne. Théoricien entêté, ce fils
des bords voilés de la Seine a meublé sa maison avec la grâce noble et froide que conseille
et qu'inspire une lumière ardente.

Cette habitation, curieuse et absurde comme
un paradoxe, a cependant une pièce très-belle
et très-admirée : c'est une salle de bains, aux
boiseries d'un blanc verdâtre comme la surface
des sources. La piscine, faite pour recevoir et
pour laisser courir l'eau chaude, murmure au
bas d'une jolie copie de fresque pompéïenne.
Dans l'un des angles de la salle, une énorme
vasque, du fond de laquelle jaillit l'eau froide,
est légèrement soulevée par trois nymphes
amnisiennes qui dansent ces danses où la Diane
d'Arcadie, déesse des eaux courantes, aime à
les conduire et à les entraîner.

Les boiseries vertes se replient comme des

volets sur de grandes glaces où la femme du
sculpteur, admirablement belle, se regardait
autrefois sortir du bain. Aujourd'hui les pan-
neaux cachent leurs miroirs et s'enferment dans
l'ombre en deuil d'une beauté qui ne revivra
plus, car madame Martial est morte, ne laissant
qu'une fille, Hélène, qui est laide.

On reçoit, on vit dans l'atelier de la maison grecque, lequel s'est peu à peu rempli des
choses nécessaires au travail de chaque jour,
et dont la solennité a disparu sous un en-
combrement de plâtres, de terres cuites, d'o-
ripeaux, de mannequins, de socles, de bustes.

La décoration primitive de l'atelier de Martial avait un grand air de simplicité antique.
Les murs et le plafond étaient tout nus, tout
blancs, et il n'y courait que des ombres correc-
tes, modelées par le reflet des colonnes du
portique.

Depuis, quatre groupes de marbre, chefs-
d'œuvre de Martial, ont été placés aux quatre
coins de la salle, où ils attirent et retiennent

tour à tour les regards. Dans le premier de
ces groupes Dédale, frappant son neveu Talus,
prouve par le crime que la jalousie et l'orgueil peuvent troubler jusqu'à la folie l'âme
d'un initiateur et d'un artiste. Un autre groupe
montre Phidias et Praxitèle, l'ami de Périclès
et l'amant de Phryné, l'un calomnié, sombre,
se demandant s'il n'a pas offensé les dieux en
les faisant à l'image des hommes, l'autre heureux, rieur, et impuni d'avoir donné à Vénus
Uranie le visage d'une courtisane. Le troisième
groupe représente aussi deux sculpteurs an-
tiques, en face d'une maquette, et se tournant le
dos : Polyclète, illuminé et vain, cherche à
concevoir l'harmonie absolue et à fondre, dans
sa statue de la Règle, toutes les perfections
humaines. Son visage exprime la vanité et
la sottise. Scopas, l'œil observateur, le visage
inspiré par un génie plein de mesure, rêve de
donner au marbre de Paros la beauté naturelle qui le fit surnommer l'artiste de la Vérité.

Martial disait de son quatrième groupe qu'il l'avait fait pour les goûts Renaissance de Romain, et pour le lui léguer. Jean Goujon y était debout, vêtu d'un costume recouvert de riches guipures. Il pétrissait de ses doigts fins une longue naïade, tandis que Michel-Ange, en veste flottante, ses manches de frise aux plis rudes relevées jusqu'au coude, les veines de son cou gonflées, frappait de toutes ses forces sur un bloc de marbre, et, comme il le disait lui-même, avide des étonnements de sa propre inspiration, ne sculptait pas, mais scrutait!

Le jour où ce récit commence les rayons pâles et doux d'un soleil d'avril emplissent l'atelier de Martial d'une lumière élyséenne.

Le sculpteur immobile, incertain, devant une maquette ébauchée, se sent pour la première fois de sa vie aux prises avec les difficultés de la forme, pour la première fois l'obéissante boue grise résiste aux mains de l'artiste et refuse de se faire à l'image de sa pensée. D'un geste habituel, que l'impatience rend

1.

plus fréquent, Martial, une boule de glaise d'une
main, son ébauchoir de l'autre, secoue les
boucles de ses longs cheveux et les renvoie de
son front au sommet de sa tête. Ce mouvement de crinière est d'un lion auquel sa proie
échappe.

Mais bientôt la tristesse succède à l'emportement. Martial débarrasse avec lenteur ses
mains de la terre et de l'outil, presse l'éponge,
arrose la terre pâlie, la ravive, regarde l'effet
de l'eau sur des chairs qui s'animent gauche-
ment, lève les épaules et murmure avec amertume :

« Est-ce assez laid? »

Il marche à grands pas, va et revient,
roule dix cigarettes qu'il ne fume point, puis,
las, il tombe dans un fauteuil, le corps affais-
sé, la tête courbée sur la poitrine.

Être incapable d'arrêter les contours de
ce qu'on entrevoit, de ce qu'au besoin on
décrirait, de ce qu'on ferait faire, il semble,
à d'autres mains qu'aux siennes, se sentir

inspiré par l'idée de la forme, et ne pas trouver l'expression réelle qui fixe la forme de
l'idée, c'est plus qu'une torture passagère,
c'est un chagrin profond. Pour peu qu'il souffre
de quelque grande épreuve à ces moments-là,
un insurmontable dégoût de vivre prend un
artiste. Il doute de son œuvre passée, il s'a-
charne à en réduire les mérites, il s'indigne
contre l'indulgence des autres :

« Si je n'ai plus de talent, je n'ai plus
de consolations! s'écrie tout haut Martial avec
désespoir. »

Le tremblement de sa voix le fait tressaillir,
il redresse le front. Ses yeux se fixent sur
un portrait de femme signé par Romain, la
seule peinture qu'il y ait dans l'atelier. Les
traits contractés de Martial se détendent, mais
son sourire plein d'efforts exprime la souffrance
d'un regret sans résignation.

Il songe à ce passé rempli d'amour, au
vide présent, que le culte de son art seul a
pu combler, et il se dit que le jour où il

cessera d'être un artiste il ira rejoindre la morte.

Il évoque le temps où, dans cette maison bâtie pour elle, Hélène, sa femme, belle de l'antique et pure beauté grecque, respirait, ai-mait, vivait!

Envahi par ses souvenirs qui se représentent tous à la fois comme pour rendre sa douleur plus lourde, Martial n'entend pas entrer Romain. Le peintre s'appuie sur le dossier du fauteuil où est son ami et laisse tomber sur lui des regards compatissants.

Ils demeurèrent l'un près de l'autre en silence, Martial peut-être ayant aperçu ou deviné Romain, mais accoutumé à ne lui rien cacher, et trouvant doux de sentir les regrets de son vieux camarade mêlés aux siens.

Le visage du peintre est aussi mobile que celui de Martial est résolu. Ses cheveux en brosse, sa barbe blonde et pointue, son front élevé, l'ovale long et fin de sa figure donnent à l'artiste la physionomie de son talent. C'est bien un peintre du xvie siècle.

Dans les interminables discussions que Martial et lui ont sur la Renaissance, Romain répète sans cesse à son ami :

« Le grand style de tes vieux Grecs, c'est trop beau pour moi. »

— Et pourtant, dit tout à coup le peintre du haut de son dossier, il faut que je te dise ma joie.

— Ah! tu es heureux, toi? répliqua Martial d'un ton bourru sans tourner la tête. Alors parlons-en de ton bonheur!

— Je reçois à l'instant une lettre de Guy.

— Incomparable fils, il daigne écrire à son père. Ah! qu'il est digne d'éloges; bénissons-le, et chantons en chœur les louanges de nos enfants. Quelle ville d'Europe ce noble voyageur honore-t-il de sa présence?

— Milan.

— D'où vient-il?

— De Florence.

— Que fait-il?

— Parbleu, la cour aux femmes.

— Est-ce que je vais subir pour la ving-tième fois le récit de ses dernières amours? s'écria Martial feignant la terreur. Par pitié, Romain, ajouta-t-il avec tristesse, fais-moi grâce aujourd'hui de la prose galante de cet irrésistible séducteur. Je suis bien assez fati-gué de moi-même pour qu'on me soulage du poids des autres. Les bonnes fortunes de Guy me harassent comme si j'avais dû les chercher en personne.

— Rassure-toi. Sa lettre est longue. Je glis-serai sur le chapitre des aventures.

— Qu'y a-t-il de plus?

— Une analyse très-intéressante d'une toile célèbre.

— Ah! ah! il est à Milan, dis-tu? Alors il te parle de la Cène de votre fameux Léonard. Je sais de longue date ce que les Romain, père et fils, peuvent en penser et en écrire.

— Mais quelle mouche te pique, Martial? Tu es plein de verve méchante ce soir.

— Le moment ne saurait être plus habilement choisi, puisque tu es heureux; moi, j'enrage.

— J'aimerais mieux te convaincre de mon plaisir que recevoir l'averse de ta mauvaise humeur.

— Je n'y échapperai pas! soupira Martial. Voyons, parle, égoïste. Qu'est-ce que Guy te raconte de votre grand maître? ajouta le sculpteur en se croisant les jambes et en étendant les mains sur les bras de son fauteuil comme un homme condamné à subir un récit ennuyeux.

Romain désirait conter, et ces préparatifs malveillants ne le rebutèrent point.

— Il a passé une après-midi aux fameux Dominicains, commença le peintre. Son enthousiasme qu'il me décrit, impression par impression, est digne de l'immortel Léonard. Figure-toi qu'il a fallu aller chercher les shires pour mettre Guy hors du couvent. Il ne voulait pas quitter le réfectoire.

— Il consentait à se faire moine, quoi! repartit Martial. O conversion inattendue, ô miracle de l'art!

— Écoute-donc! reprit le père impatienté. A force de regarder, d'admirer, de dévorer cette incomparable Cène, il lui sembla voir les couleurs éteintes se raviver sous ses yeux, et, le soir, aux feux du couchant dans les vitres de la salle, la lumière dorée rehaussant l'éclat de l'auréole du Christ et des saints ranima l'expression de leurs beaux visages.

— Un mot, un seul pour m'instruire? demanda Martial d'un ton goguenard. Quelle est l'expression de ces beaux visages?

— L'extase.

— A quoi l'expression de l'extase correspond-elle comme impression, s'il te plaît?

— Dame, je suppose que c'est à la béatitude.

— Non, je rirais trop, vois-tu, Romain, si j'en avais la moindre velléité. Je croyais enrager, tu m'amuses. Si on avait parlé d'extase aux sculpteurs et aux peintres grecs, ils eussent eu, je te l'affirme, une expression de visage plus claire que la béatitude. Ce sont tes petits artistes de la Renaissance qui ont inventé l'abstraction des impalpables, l'idée de l'idée confuse, le reflet d'un sentiment indéfini de l'indéfinissable.

Et il riait, tandis qu'à son tour Romain enrageait.

— Toi aussi sans moi, continua le sculpteur, tu béatifierais des béatifiés, tu pasticherais les vierges de Léonard, ô homme de la béate école florentine! Heureusement je t'oblige par mes critiques à choisir dans l'œuvre de ton maître la seule vivante, la seule réelle, la seule humaine, partant la seule grande, celle qui raille toutes les autres et je te force à recevoir de ton chef d'école la leçon de Mona Lisa plutôt que celle de toutes ses saintes. Tu peins des Jocondes, grâce à moi, et pour ta gloire, et tu laisseras plus d'endiablées que d'extatiques.

— Mes vierges des endiablées! s'écria Ro-

main avec colère. Sacrilège! Eh quoi, tu oses
appeler vivante, humaine, réelle, cette grande
figure mystérieuse, surnaturelle, de la Joconde?

— Oui, par Cythérée, et j'en fais honneur à
ton maître, ô disciple naïf.

— Qu'as-tu donc découvert de réel, de vivant,
d'humain, comme tu dis, dans son énigma-
tique, dans son incompréhensible sourire?

— J'y ai découvert le désir insatiable.

— Veux-tu te taire, païen?

— Ce sourire qui glisse sur la lèvre épaisse
de Mona Lisa et n'exprime ni une pensée ni un
sentiment, ni la méditation pieuse, ni le rêve
mystique, c'est le sourire de la femme qui
devait hanter l'imagination d'un peintre de
vierges. C'est le contraire de la béatitude.
La Joconde n'est pas une illuminée, une ex-
tatique, c'est une amoureuse, et il me semble
que pour lire dans ce regard vague, pour dé-
peindre l'ardeur de ces paupières gonflées, de
ces narines frémissantes, il faut répéter un

mot qui flotte sur cette figure passionnée : encore! encore!

— Joconde est une cruelle, non une facile! repartit Romain avec indignation. Pour
te rendre le mal que tu me fais, Martial, il
faudrait que je te dise à mon tour : la Minerve
de Phidias a le visage galant d'une courtisane!

— Voilà notre supériorité à nous autres, fils
des temps sincères où l'on cherchait les images
dans l'étude de la claire nature, et non dans
les visions des esprits enténébrés. Nous défions
les interprétateurs. La pureté qui est dans la
ligne n'est pas discutable, celle qui est dans la
physionomie peut n'être qu'une convention. Il
y a telle expression virginale qui me paraît
à moi uniquement sensuelle. Tu crois faire des
roses mystiques abîmées dans l'extase pour
parler votre beau langage, et tu fais des femmes
provocantes. C'est comme pour ton fils que tu
as si laborieusement initié à l'idéalisme, et qui
est devenu un coureur d'aventures.

Romain se vengea en répliquant :

— Hélas! cher Martial, tous ne font pas l'œuvre qu'ils préméditent. Plus d'un qui concevait
le beau a produit le laid.

— C'est pour ma fille, c'est pour Hélène que
tu dis cela, parce que j'ai eu l'audace de
critiquer monsieur ton fils, car sauf elle, et ton
Michel-Ange, que je te lègue! ajouta le sculpteur
avec orgueil, je n'ai jamais, que je sache, produit rien de laid!

— Et ceci? demanda Romain en montrant
la maquette.

— Hélas! je l'oubliais, ça aussi c'est laid,
répondit Martial d'une voix lente. Et, après
un silence, il ajouta : Romain, pardonne-moi
d'être irritable; oublie que je viens de te fâcher.
Je suis malheureux.

Romain n'avait plus de colère.

— Que commençais-tu, mon pauvre ami,
dans cette ébauche? dit-il, subitement calmé par
le chagrin de Martial.

— J'essayais une Hélène avec les traits,
la noblesse, la beauté de celle que j'ai perdue.

Mon ambition était d'arracher une part nouvelle à la mort, d'ajouter à ce que déjà tu m'as rendu de ma bien-aimée femme dans ce portrait.

— Oui, je vois, répondit le peintre. Mais c'est singulier, ta femme ressemble...

— Dis-le ! s'écria Martial avec éclat, elle ressemble à ma fille ! Ce supplice est le mien ! La vivante laide se dresse entre moi et le souvenir de ma belle morte. Cher ami, je me suis longtemps efforcé de te cacher la plaie béante de mon cœur, mais elle saigne trop, elle est trop grande ouverte, la voilà, regarde !

Romain s'assit, navré comme un homme auquel la confidence ne doit rien apprendre qu'il ne sache et dont il ne se soit déjà ému et désolé.

— Pauvre vieux Grec, amoureux de beaux visages et de belles formes, dit le peintre, montre-moi ta douleur tout entière, sans contrainte, car moi-même, Martial, quand tu m'auras parlé de ta fille, je te parlerai de mon

fils avec la même franchise. Tu te recueilles,
pour quoi faire? Laisse les mots venir sans ordre
sur tes lèvres. Ils se jetteront pêle-mêle dans
mon cœur. Hâte-toi, car déjà le chagrin t'é-
touffe, et tout à l'heure tu ne pourras plus
prononcer une syllabe.

Martial, qui s'était levé, prit place sur un
divan à côté de son ami. Il respirait par soubre-
sauts. Sa poitrine se souleva comme si elle allait
éclater sous l'effort de tortures longtemps
contenues qui se précipitèrent à ses lèvres et
voulurent se crier.

— Tu le sais, Romain, dit-il, je ne suis
rien autre chose qu'un artiste; ma pensée
dans ses mouvements, mes sensations dans leurs
désirs, mes opinions dans leurs expériences,
toutes mes idées, toutes mes émotions, toutes
mes études n'ont qu'un mobile : l'art. Mon talent, ma force, mes intuitions, mes ardeurs, ce
qui s'entre-choque en ma cervelle, reçoit le mot
d'ordre de ma passion unique, et ne va qu'à la
conquête des images du beau. Puis-je donc,

fait comme je suis, obtenir de moi-même le démenti, la contradiction, le mensonge? Puis-je admettre, puis-je tolérer, puis-je aimer le laid? Non, non, c'est pour moi la répulsion, l'injure, c'est pour moi l'ennemi! Romain, la guerre, la politique, la science ont leurs héroïsmes glorifiés. Ceux qui sacrifient la fa-mille à leur idéal de la patrie, à leur pays, à leurs découvertes sont illustrés. Pourquoi l'art n'aurait-il pas ses droits aux cruautés intimes et aux vertus publiques? Les grands artistes sont-ils de plus petite taille que les grands mi-litaires, que les grands hommes d'État, que les grands savants?

— Maintenant que tu t'es défendu, répondit Romain, accuse-toi.

— Oui, continua Martial d'une voix pleine de saccades, je lutte depuis quinze ans contre mon aversion pour la laideur de ma fille. Tu m'as cent fois deviné, compris, calmé. J'ai puisé bien des forces en toi, et, grâce à toi, dans la vue de ce portrait qui ressuscite à chaque

instant la fidélité de mes souvenirs; mais en
revanche, quelle épreuve atroce que celle
d'avoir tous les jours, dans une enfant, l'image
grotesque de la plus belle et de la plus adorée
des mères. Il me faut aussi pour mon malheur
les appeler du même nom : Hélène! Parfois,
Romain, j'ai peur de haïr. Suis-je donc un
méchant homme?

— Non, repartit le peintre, puisque la
plus noble et la meilleure des femmes avait
prévu ce qui arrive. Lorsque Hélène, sa fille,
eut perdu l'incomparable beauté dont vous aviez
joui avec tant d'orgueil durant huit années, que
la pauvre petite, après la convalescence de sa
fièvre typhoïde, fut, de l'avis des grands méde-
cins, déclarée laide à perpétuité, sa mère, me
parlant avec l'amertume que tu as aujourd'hui,
Martial, me prédit cette confidence que je viens
d'entendre. Elle devinait qu'un jour tu te révol-
terais contre un devoir plus difficile pour toi
que pour un autre.

— Eh bien, je me révolte. Je refuse de souf-

frir davantage. Au secours, Romain, délivre-moi
de ma fille!

— Pauvre Hélène, répondit le peintre. Elle
aussi a sa souffrance, pour le moins égale à la
tienne, plus douloureuse peut-être, car elle
t'aime et tu ne l'aimes pas. Quels soins touchants
elle met à ne paraître en ta présence que le
soir, dans la demi-clarté de l'atelier, avec
des robes sombres. Elle vit, là-haut, de la vraie
vie du gynécée, toujours seule avec sa nourrice.

— Je lui reproche cette claustration que
rien ne justifie.

— Sinon sa laideur.

— Dois-je donc la supporter seul?

— Tu es son père.

— Romain, quelle destinée est la nôtre dans
nos enfants? Guy est beau à t'enorgueillir et
toutes tes supplications ne parviennent pas à le
fixer auprès de toi. Ma fille est laide et aucune
tentative jusqu'ici n'a pu la convaincre de m'a-
bandonner.

2

— Oui, mais moi j'adore Guy comme s'il
ne m'avait jamais causé aucune déception, je
l'adore quoiqu'il manque de tendresse. Tu
devrais aimer ta fille quoiqu'elle soit laide, car
elle est bonne.

— Hélène aussi avait de la bonté, murmura Martial, l'œil perdu dans les voiles que
la nuit jetait autour du visage de sa femme.

— Si tu n'étais pas mon plus cher camarade,
dit Romain avec impatience, je ne pourrais quelquefois supporter ta manière de raisonner. Ta
femme, très-belle, n'avait aucun mérite à être
bonne, pas plus que n'en a le génie à être enthousiaste, mais la laideur bienveillante est
une vertu aussi louable qu'elle est difficile.

— Eh bien, voilà ce qui m'irrite le plus,
répondit Martial. C'est la perpétuelle excellence
de ma fille. Ah! qu'elle me plairait mieux en révoltée. Je la voudrais amère, implacable, avec
un je ne sais quoi d'infernal. Elle aurait sa raison d'être alors, elle jouerait son rôle, tiendrait
sa place, ferait au destin la figure qu'il lui a

faite! Une grimace, le satanique, la laideur méchante, c'est d'un art inférieur, mais c'est encore de l'art. Si ma fille était rude, sans indulgence, sans soumission, sans grandeur d'âme, je serais plus généreux envers elle. Je te parais féroce, parce que je suis plus artiste que père. Est-ce ma faute? Hélène a la responsabilité d'une laideur sinon consentie du moins acceptée, d'une laideur timide, craintive, presque abaissée. On admire la dignité du malheur, j'admirerais la fierté de la laideur. Les qualités sont faites pour hanter un beau corps, et la disgrâce doit s'entourer de son cortége de défauts.

— A quoi te servent ces explications, puisque je te comprends et que je t'excuse? repartit Romain.

— Sache donc, alors, que je veux me séparer de ma fille aujourd'hui même. Mes yeux rencontrent sur son visage une incompatibilité qui a tué mon amour paternel plus sûrement que, dans un ménage, l'incompatibilité d'humeur ne tue l'amour des époux.

— Alors, répliqua tristement Romain, dis-
lui que tu renonces à vivre avec elle. Son
humilité qui te choque, sa grandeur d'âme qui
t'irrite vont, en cette circonstance, merveilleusement te servir. Elles empêcheront la victime
de se défendre, de crier à l'injustice.

Martial reprit :

— Elle est très-riche par la fortune de sa
mère, par l'héritage de ses grands parents, qui
s'accumulent depuis dix-sept années, et auxquels j'ai sans cesse ajouté, car le devoir d'en-
richir ma fille ne me coûtait pas. J'espérais
qu'une telle fortune aiderait à la marier ou
lui donnerait le goût de l'indépendance. Croi-
rais-tu qu'elle a près de trois cent mille livres
de rentes? L'un de ses hôtels, avenue du bois
de Boulogne, est tout prêt à la recevoir. Son
grand-père l'avait meublé de bronzes japonais,
de chinoiseries, de chimères, disant que tout
cela conviendrait mieux à sa petite-fille que
ma maison grecque... Enfin elle est majeure,
elle a vingt-cinq ans.

— Essaie de causer d'affaires avec elle.
Commence par des conseils. Ne sois pas trop
brusque. Qui sait si la douceur d'Hélène ne
recouvre pas un violent désespoir? Si elle allait
éclater en imprécations? Es-tu préparé à cela?
Moi je ne le suis pas, j'en ai froid au cœur.
Il me semble toujours qu'un horrible chagrin
mine la pauvre laide et augmente cette maigreur si pénible à voir. J'ai quelquefois peur
que ta fille soit affreusement malheureuse.

— Tu m'abandonnes, repartit Martial avec
colère. Sois responsable d'une férocité que tu
excites au lieu de l'apaiser. J'avais compté sur
toi pour obtenir d'Hélène qu'elle quitte son
père à l'amiable. Tu refuses de m'assister. Que
son destin s'accomplisse! Si tu ne veux pas être
témoin de son exécution, va-t'en!

Il sonna.

— Je demeure, dit Romain en élevant les
deux bras, et je parlerai à Hélène.

Martial avait demandé sa fille qui entra bientôt dans l'atelier.

Elle tourna autour de son père sans oser l'embrasser, car il la fuyait depuis quelques jours, et vint tendre ses deux mains au peintre.

— C'est vous qui m'appelez, Romain? dit-elle. Avez-vous des nouvelles de Guy? Sinon, je puis vous en donner à la fois de très-fraîches et de très-enflammées. Je reçois à l'instant de lui une lettre de Vérone.

— Il m'a écrit avant-hier de Milan, repartit Romain.

— Alors vous ne savez pas qu'il est amoureux fou d'une Véronèse? Son admiration pour le nouvel objet de ses feux est fanatique; elle dépasse toutes celles qu'il a eues, je crois, jusqu'ici. Voulez-vous, Romain, lire cet hymne?

Et, comme le peintre se taisait.

— Pourquoi m'avez-vous fait chercher? demanda-t-elle. N'est-ce pas pour me parler de Guy?

— C'est bien en effet pour cela, balbutia-t-il.

Le chirurgien hésitait à commencer l'opération, la patiente y étant si peu préparée.

Ému et sensible, l'ami du cruel Martial s'efforça de panser à l'avance la plaie qu'il allait ouvrir. Il parla de son découragement, de sa tristesse, du chagrin qui empoisonnait sa vie. Il envia les pères qui ne souffrent pas à en mourir de l'éloignement de leurs enfants, qui le souhaitent même, et, au milieu de ses regrets, il fit vingt allusions plus embarrassées que voilées à Martial, à l'état de son esprit.

Hélène, inquiète du mutisme de son père, troublée par les regards interrogateurs qu'il jetait à tout moment sur elle, commençait à comprendre que l'étrange discours de Romain était fait pour elle, non pour Guy, et qu'il cachait une résolution de Martial.

Le vieux peintre, imaginant que le courage peut sauver de la maladresse, dit à Hélène brusquement :

— Ne songes-tu pas comme Guy à réclamer la fortune de ta mère et à jouir de ton indépendance ?

La pauvre laide considéra son ami avec une stupéfaction qui acheva de le troubler.

— Pourquoi ne pas répondre de façon ou
d'autre? demanda Martial avec rudesse.

Hélène atterrée se tut.

Le silence était si douloureux que Romain
reprit la parole. Il entassa péniblement force
louanges sur la conduite, sur le caractère de
la sœur de choix de son fils, soutint qu'il ap-
prouvait la chère enfant de refuser tout mariage et de soupçonner ses galants de convoitise
plus que d'attachement. Mais il osait déclarer,
ajoutait-il, Hélène coupable de laisser sa grande
fortune s'entasser chez un notaire. Romain s'a-
pitoya sur cette richesse, sur l'hôtel délaissé
légué par le grand-père, traça l'existence de la
fille de Martial que son intelligence, son goût,
son savoir, sa situation, appelaient à être une
protectrice des arts.

Puis, terminant par un mouvement oratoire
plein d'effets laborieusement résumés :

— Chez ton père, dit-il, tu n'as pas le droit
de commander une statue, un tableau à de
pauvres artistes parce que tu aurais l'air de

subir la direction de notre charité; tu froisse-
rais en obligeant. On répéterait bien vite que
nous autres, les illustres riches, comme on nous
appelle, nous faisons l'aumône par ta main,
tandis que si tu te sépares de nous tu prouves
ton détachement, tu deviens libre de faire
beaucoup de bien!

Tous ces raisonnements étaient terrible-
ment clairs jusque dans leur confusion. Martial
ne cessait d'incliner la tête à chaque mot de
son ami, et lorsque celui-ci prononça la dernière
phrase de sa péroraison, le sculpteur y ajouta
un geste approbatif, qui parut implacable à sa
fille.

Les yeux d'Hélène coururent tour à tour de
Romain, qui baissait la tête, à son père qui la
redressait, puis ils s'arrêtèrent, pleins de larmes contenues, sur le portrait de la belle
madame Martial. Un domestique apporta des
lampes, et le sculpteur vit tout à coup l'expression suppliante des regards de sa fille. Il se
précipita entre Hélène et sa femme, comme

pour défendre à la pauvre créature de prier, à l'image d'exaucer.

— N'évoque pas ta mère, je lui défends toute intervention ! s'écria le père avec violence.

Les grandes épreuves ont leur grande dignité. Quelque chose de fier monta au cœur d'Hélène, et la releva de son humiliation. Elle tressaillit, puis écartant Martial qui se rapprochait d'elle plein d'aveugle colère :

— J'ai compris, dit la laide; je m'attendais depuis longtemps à cette condamnation. Je l'ai retardée par bien des sacrifices, par ceux-là mêmes qui m'ont le plus coûté. Vous avez eu de la patience, mon père, et moi aussi. Nous la devons tous deux à la même inspiration. Elle nous est venue par ma mère. Votre longanimité à supporter ma présence a été courageuse. La vue de mon affreux visage vous paraissait une injure aux traits merveilleux que vous adorez, et cette injure vous l'avez supportée dix-sept ans. Votre générosité difficile a, durant son cours, mûri la mienne. Je vous pardonne le mal horrible que vous me faites!

— Elle est superbe, dit Romain hors de lui,
tu entends, Martial, je la trouve superbe! et,
à ta place, je lui dirais, moi : reste encore, si
tu veux.

— Je n'ai plus besoin de pitié, répliqua Hélène, l'œil sec. Moi aussi je songe à mes griefs,
et je m'indigne à la fin contre les laideurs du
caractère de mon père. J'ai supporté dix-sept
ans le silence, et cette pire des solitudes : la
présence muette d'un être adoré! Mon père,
absent devant moi, n'a-t-il pas toujours préféré les distractions stériles, égoïstes, de sa
propre pensée, aux échanges bienveillants d'un
entretien avec sa fille? Il m'a sans cesse laissée
seule vis-à-vis de lui, et m'a, face à face,
perpétuellement abandonnée! Adieu donc, la
maison grecque, où j'ai accepté l'abaissement,
où j'ai eu le respect du beau! Adieu, ma résignation!

Puis, s'étant contenue un moment de peur d'é-
clater en sanglots, elle ajouta d'une voix amère :

— Qu'ai-je donc fait aux gens et aux choses pour être si laide et pour qu'on me chasse de la maison paternelle?

— Hélène, s'écria Romain, on ne te chasse pas.

— Puis-je donc rester? demanda la fille de Martial en se tournant vers son père qui ne bougea point.

Elle sortit lentement.

— Il me semble, dit le peintre, que je l'ai vue briser son cœur de ses mains! Oui, oui, la beauté existe dans le reflet des passions intérieures; j'en ai eu, tout à l'heure, sur vos deux figures, la démonstration vivante, Hélène était aussi belle que tu étais monstrueux, toi!

Quelques minutes plus tard, la nourrice d'Hélène, ses deux fils, sa nièce, entrèrent dans l'atelier.

— Puisque vous avez chassé votre fille, s'écria la nourrice, tous vos serviteurs vous quittent pour la suivre.

— Tous? demanda Martial ennuyé.

— Tous, répéta-t-elle, mais nous vous laissons la maison sans regrets, car elle est aussi incommode, aussi froide, aussi païenne que vous!

Sur cette phrase probablement concertée à l'avance, les domestiques sortirent un à un. Avant de fermer la porte, la nourrice dit d'une voix pleine de reproches :

— Madame aurait dû se jeter hors de son cadre pour empêcher ce malheur!

Martial bondit à ces paroles.

— Tu le vois, on peut aimer ta fille, puisque ceux-là s'en vont avec elle, osa dire le bon Romain.

— Les inférieurs s'attachent volontiers aux infériorités, repartit le sculpteur d'un ton dédaigneux, et la laideur en est une, la plus visible de toutes, celle qui, par conséquent, doit provoquer les plus entiers dévouements chez les esprits les plus bornés.

Romain s'enfuit exaspéré.

3

Le père demeura seul, presque sans remords.

Martial pensait que l'amour apporte au génie une somme de poésie égale à la somme de force qu'il dévore. Une fois l'amour enlevé à un artiste, celui-ci, par instinct de conservation de son talent, a le droit d'être un avare ; n'ayant plus rien à recevoir en échange de ce qu'il donne, il doit garder tout ce qu'il possède de sensibilités et se faire sciemment égoïste.

Le sculpteur n'admettait qu'une religion, l'art ; aussi l'amour était-il venu seulement ajouter un culte à son idéal, et il l'avait choisi tel que sa forme pût se confondre avec ses visions de statuaire. La mort de sa femme avait fait de Martial un sectaire en lui enlevant la prêtresse qui humanisait son fanatisme.

Enfin le voilà seul dans ce temple que la laideur de la pauvre Hélène a si longtemps profané ! Seul ! sa fille ne viendra plus le soir, à l'heure de l'inspiration, du recueillement, jeter par sa présence une sorte de défi à ses rêves.

Il entend du bruit dans les escaliers ; des

voitures sortent des écuries, grondent dans la
cour ; quelqu'un frappe aux vitres sous le
portique : c'est Césaire, son cocher, fils de la
nourrice, domestique d'Hélène maintenant. Il
entre, jette un billet sur une table et disparaît.

Un moment plus tard, les voitures s'ébran-
lent. Le portail de l'hôtel de Romain s'ouvre,
se ferme, puis tout se tait.

Alors Martial prend le billet et lit :

« Mon père,

» Il est entendu que je vous ai réclamé les
» droits de ma majorité. J'exige que vous ex-
» pliquiez ainsi mon départ. Obtenez de Ro-
» main qu'il ne conte à personne, pas même à
» son fils, votre dureté et mon humiliation. Ni
» vous, ni moi, ni mon vieil ami, qui a pu
» accepter de me porter le premier les coups
» les plus douloureux, nous ne ferons de con-
» fidence à qui que ce soit.

» Jouissez en hâte de votre tranquillité, mon
» père, car elle ne sera pas durable. Ayant fait

» ce que vous avez fait pour échapper à tout
» devoir vis-à-vis de moi, vous n'échapperez
» pas aux responsabilités de mon caractère
» futur. Elles seront pour vous d'autant plus
» insupportables que, de quelque façon que je
» prétende me gouverner, je vous interdis les
» remontrances comme vous vous êtes interdit
» les indulgences.

» Lorsque je serai assez résolue pour me
» gausser de ma laideur, pour me moquer du
» monde et pour rire au nez de votre cruauté,
» j'inaugurerai mon vieil hôtel et ma nouvelle
» existence. Vous serez alors tenu d'assister au
» baptême d'une excentrique dont vous venez
» de brusquer la naissance.

» HÉLÈNE. »

Ce ton, cette ironie étonnèrent Martial et lui
plurent. L'impertinence de sa fille lui parut de
la haute philosophie. Il ne vit pas que ce billet
était écrit avec le sang de la blessure qu'il avait
si impitoyablement ouverte au cœur d'Hélène.

II

La laide n'avait, à part le fils de Romain,
que les amis de son père. Elle les visitait rarement et ils la recherchaient peu. Hélène chassée
de la maison grecque s'enferma dans son grand
hôtel, s'abandonna sans contrainte, sans mesure,
sans résistance à son chagrin. Huit jours durant elle se livra tout entière à l'orage de sa
douleur, ne tenta pas le moindre effort pour
l'apaiser, laissant déraciner en elle tout ce qui
s'opposait au ravage de la tourmente.

Il y a une volupté barbare à souffrir de souffrir, quand on accepte son désespoir et qu'on
regarde en soi l'œuvre de dévastation s'ac-

complir. Les tempes battent un sourd battement
qui bourdonne dans les oreilles, gronde, se
répercute dans les échos du cerveau et couvre
tous les murmures de la pensée, toutes les
protestations de l'instinct. Les éléments intérieurs déchaînés font parfois un bruit de torrent
dans la poitrine, et les larmes peuvent couler
abondantes bien des heures sans s'épuiser. Les
yeux, lorsqu'ils sont brûlés par les pleurs, ne
perçoivent plus dans la douce lumière du jour
que de longs rayons cuisants. La voix des autres
inquiète, comme si elle allait apporter une consolation qu'on redoute, qui ne peut être qu'une
banalité ou une offense. Si la douleur soufferte
est légitime, elle détruit en son cours tumul-
tueux, sous les flots du sentiment, les digues
d'une raison impuissante. Alors, le cœur, l'esprit, les sens noyés tombent en une sorte d'é-
vanouissement mortel et cela dure des heures,
des jours, des semaines, sans que l'être insensible ait conscience du temps vécu.

Mais si la douleur est provoquée par l'injustice, elle est combattue, à peine éprouvée. La vaillance qu'échauffe un noble orgueil l'a bientôt vaincue. Un matin le réveil se fait. Après la tempête et ses violences, on sent le retour du calme. On se dit que se défendre exige plus de vertu que de se laisser écraser; que se courber rapetisse, que se redresser grandit!

Hélène se redressa donc de toute sa hauteur, et, dédaignant le mal qui lui était fait, elle prit l'existence telle qu'elle la recevait, ferma son cœur à triple tour, et donna la liberté à son esprit, jusque-là tenu prisonnier.

L'hôtel que lui avaient légué les parents de sa mère était bourgeoisement meublé, quoique plein de richesses. Hélène, pour n'avoir pas un seul instant le loisir de se retourner vers le passé, remeubla cet hôtel et en changea toutes les dispositions intérieures au gré de ses désirs les plus capricieux. Maîtresse de sa fortune, elle résolut de s'entourer d'une magnificence qui l'obligeât à perdre ses habitudes paisibles et ses goûts simples d'autrefois.

Cette liberté, cette tenue de maison, cette autorité transformèrent Hélène en quelques jours. Elle devint exigeante, impérieuse, fantasque, et porta non sans quelque insolence une laideur dont elle avait souvent paru embarrassée. Elle fut ce qu'elle était pour Guy Romain seul, et ce qu'il lui conseillait sans cesse d'être pour tous : un garçon.

Dans ses lettres à celui qui l'appelait mon camarade et qui l'aimait comme une sœur, elle se dépeignit sous les aspects nouveaux de son caractère avec tant de belle humeur qu'elle en reçut les félicitations les plus chaleureuses, et que Guy, tout fier de l'avoir convertie, en conçut pour elle une amitié un peu plus vive.

Elle le pria d'assister à l'inauguration de son hôtel, disant qu'il était impossible qu'elle pendît la crémaillère sans lui, sans son unique ami, sans son maître en l'art de l'indépendance. Romain le père semblait s'être attaché à Hélène en raison du carré des distances ; il insista pour que la majeure, comme il l'appelait, fît acte d'oppression et envoyât des ordres à Guy, elle qui ne lui avait jamais adressé que de timides vœux. Hélène, à qui ses gens et ses fournisseurs ne résistaient point, et qui prenait goût à la volonté, signifia par lettre, à son jeune ami qu'il eût à honorer de sa présence, sous peine de brouille éternelle, la fête qu'elle donnait le 15 juin.

Romain était plus inquiet que jamais de l'éloignement de son fils, dont la dernière lettre finissait par ces mots :

« Il serait heureux pour moi, cher père, sinon
» pour toi, que tu tombasses en quelque maladie
» grave. Je briserais, par un effort suprême,
» pour aller te soigner, les lacets qui m'envelop-
» pent, et qui vont peut-être m'étrangler une
» bonne fois. Elle est belle, elle est irrésistible,
» elle est veuve, j'ai peur de l'épouser ! »

Hélène ne cessait de bourrer ses heures d'occupations sans nombre. Elle avait trouvé, au milieu des tracas de son installation, le vif désir de faire preuve à la fois de grande originalité et de très-bon goût.

3.

Sa nourrice, ses domestiques ayant pris un instant le départ de la maison paternelle au tragique et craint que la douleur dont leur maîtresse était accablée ne troublât sa raison, applaudissaient à tous les bouleversements qu'elle ordonnait ; ils la croyaient heureuse en la voyant affairée.

La veille du grand jour de l'inauguration de son hôtel, elle fit avec Romain sa revue générale. Elle avait déployé une science de l'ameublement, de la décoration qui étonna le peintre lui-même, quoiqu'il la sût artiste. A son retour chez lui, Romain, par ses récits, exalta si bien la curiosité de son vieux ami que Martial désira contempler les merveilles de l'habitation de sa fille avant le public, et qu'il envoya le peintre demander un rendez-vous sur l'heure. Malgré l'insistance de Romain, Hélène refusa la visite de son père, et dit qu'elle ne pourrait sans souffrir le revoir une première fois dans l'intimité.

— Ma fête est pour demain, répondit-elle.

Mon père le sait, je le lui ai écrit. Je l'ai prié d'être membre du jury de mon exposition, il a bien voulu accepter, rien de mieux, mais rien de plus! S'il croit venir chez sa fille en venant ici, détrompez-le, Romain. Celle qu'il a traitée en étrangère l'accueillera en étranger.

Le peintre se récria.

— N'ajoutez pas un mot, reprit Hélène, ou bien vous subiriez avec lui le sort que tous deux vous m'avez infligé. Je vous chasserais de chez moi ensemble.

Cette exposition dont Hélène parlait à son vieil ami, et dont elle lui devait l'idée première, était une sorte de concours entre les élèves du grand Romain. Cela ne pouvait manquer de donner à la fête un intérêt artistique sur lequel la fille de Martial comptait beaucoup.

— La toile de mon fils est-elle arrivée? demanda le peintre qui changea de conversation avec obéissance.

— Non, pas encore. Tous les tableaux que

j'avais commandés, je les ai reçus; ils sont placés, achetés et payés. Ma galerie n'a plus qu'une place vide, réservée à Guy. Je vais envoyer au chemin de fer et je saurai au besoin par dépêche s'il m'a été expédié de Vérone une caisse par l'express de ce soir.

— Permets-tu que je revienne encore une fois vers dix heures, Hélène? demanda timidement le père de Guy.

— Oui, mais seul!

— Je reviendrai seul.

Hélène, en reconduisant son ami, traversa une grande serre vitrée, un jardin où de belles statues préservées des injures de l'air montrent au milieu d'une verdure paradisiaque leurs formes divines. Il n'y a que des statues de femmes : déesses, nymphes et Grâces.

— Puisque tu admets tant de belles créatures de marbre à ta fête, dit Romain, pourquoi ne veux-tu recevoir que des hommes?

— Lorsqu'une femme invite des femmes, répliqua-t-elle en riant, elle n'a pas le droit d'ex-

clure les laides. Or, j'en ai l'horreur, à commencer par moi ! Je ne me tolère d'ailleurs
qu'à une condition : celle de ne me point regarder ! Vous secouez la tête, seigneur peintre,
vous trouvez ma raison insuffisante, vous me
croyez hypocrite. Vous vous dites que les femmes
belles me sont plus antipathiques que les laides.
Non. Si j'étais belle j'aimerais les belles, tandis
que je détesterais toujours les laides !

Romain se tut et pensa que plus Hélène devenait malveillante, cruelle, mauvaise même,
plus elle lui paraissait naturelle. La laideur,
pour avoir un caractère, doit traîner derrière
elle un long cortége de disgrâces et de défauts,
répétait sans cesse Martial. Le méchant père voyait
donc juste, disait donc vrai ?

Après la serre, sa verdure, ses statues, sa
lumière, on trouve un vestibule sombre où des
chevaliers couverts de leurs armures tiennent
dans leurs gantelets des lampadaires. Un escalier droit très-large, sans rampe, comme l'un
des escaliers intérieurs du palais des Doges, à

Venise, monte au milieu de deux grandes mu-
railles peintes à fresque par Romain. On y voit
des scènes de l'histoire de France qui se déve-
loppent en fuyant dans de lointaines perspec-
tives, et qui représentent des réceptions diplo-
matiques sous François Ier. Léonard de Vinci y
paraît en belle place, et le noble visage de l'hôte
d'Amboise est, dans ces grandes compositions,
la signature de Romain.

La salle à manger s'ouvre sur le vestibule par
une porte pleine, et sur la serre par quatre
portes vitrées. Elle est tendue de soie verte.
Des demi-corbeilles en simple porcelaine de
Sèvres avec leur couleur laiteuse, leur forme
élégante, sont suspendues au-dessus des buffets
et remplies de branches feuillues mêlées à des
roses blanches. Un boudoir qui donne sur la
salle à manger est meublé à l'orientale avec des
divans et des tapis rares. Tout autour sont accrochés et mêlés dans un beau désordre des œufs
d'autruche, des instruments de musique arabes,
des paniers turcs, des vases de cuivre niellé. Ce

boudoir avance en rotonde sur la cour. Son plafond est une coupole qui se soulève pour laisser
passer la fumée du tabac.

Le grand salon est rouge, de la teinte la mieux
choisie pour mettre en lumière les peintures de
Romain, les marbres de Martial, qu'Hélène a
cherchés, retrouvés à grand'peine, et dont elle
a rempli son salon de réception, n'y ajoutant
que deux vitrines où les bronzes et les chimères
de son grand-père ont pris place, et des tables
sur lesquelles s'étalent dans de riches albums
les dessins, les esquisses des tableaux et des
statues les plus célèbres du sculpteur et du
peintre.

Puis vient à l'extrémité de l'hôtel une admirable pièce entièrement dorée comme les ba-
guettes d'un cadre. Du satin blanc, drapé avec
art, crève sur le fond plat et brillant des pan-
neaux. Les meubles du plus pur style Louis XIV,
sont garnis d'une crépine d'or.

On va de ce dernier salon dans la galerie
des tableaux exposés; cette galerie fait pen-

dant à la serre, et tient la seconde aile de l'ha
bitation.

La fête d'Hélène commencera donc par une
exposition, par un concours entre des jeunes
artistes, qui ont accepté de peindre un même
sujet proposé par Romain. C'est, pour les paysagistes : « Un coin de nature ! » pour les peintres
d'histoire : « Une femme belle ! »

Guy, élève de son père, après plusieurs lettres
échangées avec Hélène, s'est décidé à concourir,
mais à la condition qu'il lui fût permis d'ex-
poser le visage de sa bien-aimée.

« Imagines-tu, répondit Hélène courrier par
courrier, que tes camarades prendront pour
modèle de leur belle la bien-aimée des autres ? »

Le tableau de Guy, un instant égaré, fut re-
mis à Hélène fort tard dans la soirée, la veille
de l'exposition. Il précéda ainsi de quelques
heures seulement l'arrivée de Guy lui-même,
que son père attendait par le dernier train
d'Italie.

Hélène et Romain firent déballer et accrocher

sous leurs yeux dans la galerie le portrait de la
Belle du plus galant des peintres. C'était un
chef-d'œuvre ; ils n'hésitèrent point à lui décer-
ner par avance le prix du concours. Mais au
lieu de se réjouir du talent de son fils, Romain
considéra d'un air sombre et jaloux cette peinture qu'il eût signée lui-même.

Hélène curieuse interrogea Romain sur ce
qu'il ressentait, et demanda si la gloire du
premier des sculpteurs grecs tentait son vieil
ami, et si on allait le voir assassiner Guy, comme
on voyait Dédale assassiner son neveu Talus dans
l'atelier de Martial.

Il dédaigna les soupçons injurieux d'Hélène,
et continua de regarder le visage de la femme
aimée par son fils, dont la physionomie étrange,
l'air impérieux lui parurent menaçants. Sa pose
de Vestale au Cirque, le doigt levé, dans l'attitude du commandement, donnait un grand caractère de noblesse et de hauteur à sa taille élégante. Vêtue de toile rose, la tête entourée de
gaze blanche, elle se dressait dans une loge de

pierre, au milieu d'une arène en ruines, sous
un soleil éclatant. Ses cheveux bruns étaient
lissés en bandeaux réguliers. Ses yeux noirs,
brillants et durs, son teint animé, ses lèvres
rouges et un peu repliées l'une sur l'autre, ex-
primaient l'orgueil plus que la tendresse.

Il fallait une explication à cette toilette mo-
derne, à ce cirque, à cette attitude antique, et
Guy avait fait graver sur le cadre ces mots :
« Histoire à conter. »

Romain, qui ne pouvait secouer sa tristesse,
prit congé d'Hélène, sous le prétexte d'aller à la
rencontre de son fils, quoiqu'il ne dût arriver
que fort tard dans la nuit. Elle le pria de vouloir
bien venir le lendemain de bonne heure avec
Guy pour la soutenir au milieu des émotions
inséparables d'un premier début.

Romain promit et la quitta.

Après le départ de son vieil ami, Hélène demeura dans la galerie. Examinant tour à tour
chaque portrait, elle s'efforça de recréer l'inspiration des jeunes artistes, qui avaient essayé de

peindre, de fixer l'un après l'autre leur idéal
de la femme belle. Il y avait là bien des mystères,
bien des confidences, bien des vantardises, bien
des contradictions. Celui-là, pauvre, étalait sur
sa maîtresse un somptueux costume de reine ;
celui-ci, amoureux d'une courtisane, l'habillait
de vêtements simples. Cet audacieux dotait d'un
grand air une femme qu'on savait commune ;
tandis que son voisin dissimulait sous une physionomie cruelle les traits d'une amante trop
facile. L'amour palpitait dans toutes ces chairs,
et ces belles personnes, frémissantes à fleur de
toile, vivaient sous les yeux de cette laide. Depuis dix ans Hélène voyait chez Romain et chez
son père tous les jeunes peintres qu'elle avait
admis à son exposition et qui, la traitant plutôt
en femme qu'en jeune fille, racontaient devant
elle les médisances du monde artistique et leurs
propres histoires. Elle devinait donc clairement,
sous ces visages et sous ces signatures, ou des espérances encore repoussées, ou des audaces, ou des
fatuités, ou des jalousies, ou des joies complètes.

Que disait la Belle de Guy ? C'était sûrement quelque grande dame. Les Italiennes bourgeoises n'ont pas ce port de tête, ce geste, ces façons. Tout dans la pose d'une aussi merveilleuse créature marquait le dédain, la hauteur, la superbe. Guy, sans doute un peu blasé, trouvait du plaisir à réduire tant de fierté. Mais, lui-même, ne l'écrivait-il pas à son père ? courait risque de se perdre avec l'une de ces femmes altières qui ne se donnent qu'après qu'on s'est livré.

Les Françaises de toutes couleurs pâlirent devant l'Italienne rose. Hélène pensa que la Belle de Guy était la plus belle. Elle se rendit compte de l'impression de Romain. Faites comme celle qu'elle avait sous les yeux, les maîtresses ne sont pas seulement les rivales triomphantes des autres femmes, elles le sont encore de l'amour filial.

« Ce n'est pas de l'image que mon vieil ami est jaloux, se dit Hélène, c'est de la réalité. »

III

Le lendemain 15 juin, il faisait un temps admirable, et, dans la maison, dès le matin, on invita le beau jour à entrer par toutes les fenêtres. Le soleil de Paris aime les fêtes, et il y ajoute au moins autant de gaîté que les lumières.

Hélène commanda de bonne heure ses derniers préparatifs, lut les journaux, qui tous parlaient de cette joûte de peinture et ne tarissaient pas en éloges sur ce que déjà l'on contait du goût, de l'esprit, de l'originalité de la fille du grand Martial.

Vers une heure elle monta dans sa chambre

pour s'habiller. Son tailleur, homme d'importance, était venu visiter l'hôtel, s'était fait ren-
seigner sur l'ordonnance de la réception, et
avait obtenu d'Hélène qu'elle lui laissât le choix
de la couleur et de la forme de sa robe. Il pré-
tendait conquérir, disait-il, sa part de succès
devant tout Paris artiste.

— Allons, allons, le temps nous presse, dit
la nourrice, un jupon de mousseline blanche
couvert de dentelles entr'ouvert en cerceau dans
ses deux mains, il n'y a plus que vous, mon Hélène, à faire belle dans la maison.

— Nourrice, je te défends de prononcer un
tel mot quand il s'agit de moi, répliqua Hélène
avec sévérité.

— Pardon. Je n'ai pu encore perdre cette habitude. Vous êtes toujours pour votre vielle Joséphine la belle des belles, que j'ai nourrie si
orgueilleusement, que j'ai promenée sept années
dans notre Luxembourg comme on promène une
châsse ! Maudite fièvre, sans elle vous seriez encore la plus grasse, la plus fraîche, la plus...

Hélène l'interrompit.

— Tu crois me consoler, nourrice, avec tes regrets, dit-elle. Es-tu bien certaine qu'un aveugle qui a vu clair jusqu'à sept ans soit plus heureux qu'un aveugle de naissance ?

— Oui, s'il a conservé l'espoir qu'il reverra un jour la lumière.

— Tu sais depuis longtemps que moi...

— Je sais, je sais que vous avez toujours les mêmes traits, et la preuve c'est que, même à présent, vous ressemblez à votre mère.

— Oui, en caricature !

— Ce teint de cire, vos cheveux décolorés, vos lèvres toutes blanches qui font paraître vos dents jaunies, cette maigreur effrayante, tout cela peut changer encore. Votre vieux médecin me le disait autrefois.

— Il y a quinze ans, nourrice.

— C'est vrai, mais si vous habitiez la campagne, Hélène ? Le soleil, l'air vous rendraient un peu de teint ; vous n'êtes pas contrefaite, loin de là, et si vous engraissiez, vous seriez moins... vous seriez plus...

— Tu es folle, tu me fais mal ! repartit brusquement Hélène. Pourquoi cet acharnement à me tourmenter, nourrice, à me rappeler sans cesse ce que je m'efforce d'oublier ? Aime-moi donc une bonne fois sans réserve, laide comme je suis.

— Ah ! nous vous adorons, reprit Joséphine, moi, les miens, c'est connu, mais les autres ? Ces gens que vous allez recevoir, pour lesquels vous prenez tant de peine et qui vous ont tant fait souffrir chez votre père, est-ce qu'aujourd'hui, chez vous, ils seront plus aimables ?

— Je m'arrange pour leur enlever tout prétexte de compassion, car c'est le sentiment qui m'a le plus blessée dans le cœur des autres. D'ailleurs j'ai besoin de me distraire. Ton devoir est d'aider à mon courage, nourrice. Souffle dessus pour le ranimer, non pour l'éteindre.

— Je ne demande pas mieux, mon Hélène, répondit Joséphine. Seulement je crains les feux de paille. Les flammes aussitôt lancées deviennent cendres. C'est brillant comme vous voilà, mais...

— Point de mais ! Applaudis à ma nouvelle existence, et souhaite que ses nouveautés, sinon ses plaisirs, soient durables.

— Hélas, j'ai tant peur que comme il y a deux mois les larmes noient encore toutes ces belles flambées-là.

— Cessons, nourrice, continua Hélène avec impatience. Rentre ta méchante bonté dans ton cœur. N'affaiblis pas mes résolutions puisque, si elles s'évanouissaient, tu serais la première à t'en plaindre.

On annonça l'envoyée du tailleur, une belle jeune femme mise avec goût et des mieux élevées.

— Que m'apportez-vous, madame Claire ? dit Hélène avec distraction. Une robe simple ?

— Oh, mademoiselle, vous n'y pensez pas, une robe simple, à vous ? Le maître a cherché l'extraordinaire. L'original peut seul vous aller ; vous êtes trop artiste pour ne pas le comprendre.

4

— Et trop laide pour porter du simple. Vous avez raison, ajouta Hélène avec un sourire.

— Mademoiselle, répliqua l'habilleuse qui savait dédaigner un compliment banal pour en faire un plus intelligent, la laideur spirituelle est supérieure à la beauté bête. Et, comme dit le maître, c'est tout autre chose quand au lieu de la dissimuler on en prend son parti. La crânerie hautaine, l'excentricité de bon ton, la richesse de mise, beaucoup de luxe, un certain air éclairé que répandent sur le visage les feux de l'esprit, donnent une distinction aristocratique qu'il n'est pas facile d'avoir, et que vous avez, mademoiselle, au suprême degré.

— Voyons ma robe.

L'habilleuse jeta sur le lit sombre une robe blanche très-étroite recouverte d'admirables guipures gothiques posées à plat.

Hélène interrogea du regard madame Claire.

— Je serai là-dedans plus maigre encore, dit-elle.

— Mademoiselle connaît les principes de la

maison, répondit l'habilleuse. Après des expériences concluantes notre maître est résolu à ne
jamais abandonner ses théories d'art, à s'inspirer
de la nature, quelque indication qu'elle four-
nisse, à ne jamais chercher les contraires ; enfin,
pour résumer les idées de la maison en une
seule formule, nous accentuons le type !

— La leçon vaut bien une robe qui m'ira
mal sans doute, repartit Hélène en riant de ce
discours.

— Mademoiselle, j'ai une couronne d'argent
et des bijoux plus éteints que la nuance de vos
cheveux. Les guipures et la soie sont d'un
blanc composé pour vous faire paraître moins
pâle.

La nourrice aidant, on passa, on noua, on mit
cette robe pleine d'ingénieuses complications.

— Eh bien ? demandèrent Joséphine et l'habilleuse.

— Impossible que je sois mieux, répondit
Hélène.

— La composition du maître peut être ex-

posée devant les plus grands artistes de Paris,
un pareil jour, pour une telle fête, au milieu des
richesses de cet hôtel, dit madame Claire, parlant du tailleur ainsi qu'un élève enthousiaste
eût parlé d'un peintre célèbre.

Romain et son fils arrivèrent de très-bonne
heure pour assister Hélène et pour recevoir avec
elle ses premiers invités. Personne n'étant venu
encore, Guy pria son amie de lui montrer les
apprêts de la fête.

Le jeune homme aimait passionnément le
luxe comme tous les artistes qui ont beaucoup vécu sur les grands chemins et ont rencontré plus de cabarets que de palais. Il admira
tout d'abord la toilette d'Hélène avec la connaissance que l'amour des femmes donne sur ce
chapitre aux coureurs d'aventures.

— C'est si difficile de se faire habiller, dit-il;
en Italie c'est impossible. L'une de mes priva-
tions est de ne jamais voir à l'étranger celles
que j'aime vêtues avec ce goût, avec cet art, avec
cette richesse aisée.

— Une Italienne du Nord, fût-ce une grande dame, ne porterait pas cette robe avec l'élégance d'Hélène, répliqua Romain.

— Le fait est qu'Hélène la porte bien, s'écria le jeune homme, et que je suis ravi des nouvelles façons de mon vieux camarade.

Guy, dans le salon de réception, eut un vrai bonheur à retrouver des tableaux de Romain, des statues de Martial qui lui rappelèrent les plus riantes images de son enfance.

— Hélène, reprit-il gaiement, ta maison me plaît mieux que celle de nos deux illustres pères. Tu as bien fait de quitter leur style pour vivre à la contemporaine. Si tu le permets, j'habiterai chez toi quand je viendrai à Paris. Les anciens avec les anciens, les garçons avec leurs pareils.

Hélène détourna la tête pour cacher une imperceptible rougeur. Rien de plus cruel ne lui avait encore été dit. Était-elle donc à ce point si peu femme que l'homme le plus compromettant du monde ne soupçonnait pas qu'une médisance pût l'atteindre?

4.

Romain sentit la dureté du trait, et vit le mouvement d'Hélène pour cacher une blessure.

— Guy, aie pitié d'elle. Après tout, c'est une femme, murmura le père à l'oreille de son fils.

— Non, mille fois non ! s'écria celui-ci, qui s'était habitué de longue date à croire qu'Hélène avait en elle-même l'horreur de son sexe. N'est-ce pas, camarade, que c'est t'offenser que de te traiter en jeune fille ?

— Pour cela, oui.

Et, comme Romain haussait les épaules :

— Voyons, ajouta Guy, est-ce qu'il y a quelque chose de changé en toi ou en nous, Hélène, parce que te voilà maître de maison ?

— Je suis plus garçon que jamais, répliqua-t-elle s'étant remise et riant d'assez bon cœur.

— Et c'est ainsi que fraternellement et fidèlement je t'aime, ami, mi mi ! continua le jeune homme, car sans cela...

— Sans cela ? demanda-t-elle.

— Sans cela, je ne pourrais pas te souffrir !

— A la bonne heure ! Toi non plus tu n'as pas

changé. Tu es toujours féroce pour les femmes
laides.

— Les autres me le rendent bien !

— Vraiment, pas possible ?

— Ne ris pas, Hélène, je suis malheureux.

— D'être-trop heureux, pauvre Guy ?

— Non, non, de ne l'être pas assez.

— Tu me vois confondue, mon frère.

— Hélas !

— Ah bah ?

— Mais oui.

— Alors c'est l'histoire à conter ?

— C'est l'histoire !

Des invités apparaissant, Romain entraîna Guy
à leur rencontre.

— Libertin et mélancolique à la fois, dit-il
d'une voix brève, c'est grave parce que c'est ri-
dicule. Tu te gâtes à l'étranger, mon fils, et, qui
pis est, tu te démodes.

Les arrivants s'extasiaient dès la serre. Martial, qui vint parmi les premiers, ne fut pas
des plus tièdes. Il embrassa bruyamment sa

fille. Elle lui plut dans ce luxe avec cet air assuré.

Hélène, surprise elle-même de n'éprouver aucun embarras à recevoir, se dit qu'il était aussi facile de transformer son caractère que de remeubler sa maison.

Jamais peut-être elle n'avait été plus laide qu'au milieu de ces fleurs, de ces statues, de cet apparat. Osseuse et blême, elle rappelait ce mot d'un gamin de Paris à la princesse B... « Ah ! l'avare, qui n'a pas été assez généreuse pour se faire enterrer ! » Ses yeux trop grands avec des cils blonds qui paraissaient blancs sur des paupières aux teintes noirâtres, sa bouche trop petite au milieu d'un ovale terne et démesurément allongé, son nez diaphane, tout son visage couleur de cire vieillie, était désagréable à voir sans qu'on pût lui trouver un trait contourné ou disgracieux. La maladie seule avait enlaidi une figure que la nature avait faite primitivement belle.

Cependant cette riche habitation, l'air hospi-

talier qu'on y respirait en entrant, la toilette
singulière et splendide de la fille du grand
Martial charmèrent les invités, hommes de
goût. La bonne grâce moqueuse d'Hélène, sa
façon un peu rude de couper court aux compliments, sa promptitude à chercher, à seconder,
à mettre en lumière l'intelligence de ses hôtes,
.ses idées élevées sur l'art, tout cela fut compris,
apprécié, proclamé en un moment par cette foule
d'élite et eut son succès immédiat. On reconnut,
on accepta dans Hélène une maîtresse de maison.
On se sentit chez soi chez elle. Chacun s'aida
soi-même et aida son voisin à s'amuser. Libres,
formant des groupes, les amis cherchèrent leurs
amis. On se trouva, on s'entendit, on se plut là.

« Messieurs, dit un écrivain célèbre, la chose
est d'importance, et je vous vois bien peu en-
thousiastes pour un cas aussi rare.

— Quoi donc? Qu'y a-t-il ? demandèrent ceux
qui l'écoutaient.

— Nous faisons, tous et chacun, aujourd'hui,
plus qu'une grande œuvre, car le génie est

souvent impuissant à réaliser ce que nous
réalisons. Messieurs, nous créons un milieu. Les éléments de nos esprits ont une rencontre particulière, agréable, en ce logis. Ne le
sentez-vous pas à la gaîté que vous ressentez tous,
gens de plume, gens de pinceau, gens d'art ?
Amis, nous fondons un salon !

— Oui, oui, répétèrent les invités ên chœur. ».

Fonder un salon ! La laide n'y avait pas songé, mais cette idée ambitieuse la séduisit à l'instant. Elle s'efforçait de bien accueillir ses
hôtes, se disant qu'ils lui reviendraient ainsi
plus volontiers lorsqu'elle les réinviterait. Mais
voilà qu'au début d'une première réunion tous
la félicitaient d'un triomphe définitif. Hélène,
à qui la joie de la vanité était inconnue, accepta celle-ci de tout son cœur. Ce fut un stimu-
lant pour sa vivacité d'esprit, et elle se laissa
aller aux douceurs de prendre avec ses amis le
plaisir qu'elle leur donnait. La recluse d'autrefois fut tout à coup charmée par ce qu'il y
a de meilleur à échanger dans les relations

superficielles du monde, par la cordialité.

Hélène eut cent mots brillants qu'on retint, qu'on redit, et auxquels chacun des interlocuteurs put ajouter ce qu'il avait répondu, tant cette maîtresse de maison excellait déjà, quoique novice, à provoquer les reparties spirituelles.

Elle déploya toutes ses ressources auprès des peintres à qui elle avait à faire prendre patience, le jury ne sortant pas de la galerie et tardant à conclure. La fille de Martial lança ses jeunes amis dans des disputes si fantasques à propos de peinture, les excita par des contradictions si querelleuses qu'ils s'échauffèrent, bataillant au point d'en oublier le fameux concours. Ils formulèrent sur leur art des jugements passionnés, impersonnels, dont plus d'un se réclama plus tard en apprenant sa défaite.

Hélène, afin que personne ne reçût un coup trop rude, parla un peu de son admiration pour le tableau de Guy.

Tous les camarades du jeune homme l'ado-

raient, et ils s'attachèrent, aux premières paroles d'Hélène, à l'idée que si le fils de Romain
obtenait le prix du concours ce ne serait un
froissement d'amour-propre pour aucun d'eux.
On le savait plein de talent mais paresseux ; il
était beau, mais voyageait ; or, comme il ne gê-
nait personne, nul ne songeait à en être jaloux.

— C'est Guy qui aura le prix, dit un jeune
peintre, et c'est à quoi il faut attribuer la lenteur de nos juges pour apporter leur verdict. Je
parie que notre maître s'oppose à ce qu'on pro-
clame son fils. Allons, Guy, tu vas être reconnu
grand peintre, et tu nous reviendras à Paris.

— Moi, non, non, répliqua-t-il. Je n'abandon-
nerais pas pour un succès ma divine insouciance
et ma liberté d'aventures. Je fuis vos femmes,
ô mes amis, je fuis votre gloire. Le talent de
Romain suffit, ainsi que sa vertu, à l'honneur
de la famille. Je suis né de mon père pour avoir
le droit d'être infidèle à la peinture française,
et constant à mes amours étrangères.

— C'est dommage pour la peinture, dit Hélène en riant.

— Dommage pour les plus jolies d'entre les Parisiennes, ajoutèrent les camarades.

Guy se campa d'un air superbe si comique, que les oh ! oh ! précédèrent ce qu'il allait dire.

C'était un très-beau garçon, grand, bien fait, avec des cheveux châtain-clair d'une finesse si souple que le moindre mouvement de sa tête y appelait pour ainsi dire une lumière dorée et miroitante. Ses yeux bleus, hardis, bordés de cils longs et soyeux, se voilaient lorsqu'il souriait, et il clignait les paupières alors avec une grâce irrésistible. Sa bouche ferme, son front large, son nez aux ailes épaisses donnaient à l'ensemble de sa physionomie un caractère mâle que ses regards malicieux et rieurs adoucissaient parfois jusqu'à la rendre féminine.

— Tel que vous me voyez, commença-t-il, je suis...

Tous à la fois l'interrompirent.

— Tu es un fat ! cria l'un de ses amis.

5

— Tu es un homme prédestiné, repartit un
utre.

— Mieux que cela, c'est un vainqueur ! ajouta
Hélène, qui apportait à Guy le prix du concours, une amphore d'argent offerte par Romain.

— Je ne suis point un fat, je ne suis pas un
prédestiné, je refuse d'être un vainqueur ! s'écria
le jeune homme en se précipitant vers la galerie.

Ses camarades le suivirent et coururent derrière lui pour voir la Belle qui avait conquis
l'amphore : Guy, précédant tout le monde, se
plaça devant sa peinture.

— Je n'accepte pas le prix, dit-il.

— Et pourquoi ? demandèrent les juges.

— Parce que, messieurs du jury, j'ai eu trop
d'avantages sur mes concurrents. J'étais à Vérone, moi, en pleine lumière italienne, j'avais
un modèle incomparable, tandis que mes camarades peignaient ici dans la brume les beautés
pâlies de vos Parisiennes ! Je consens à être le
second, mais je ne peux pas être le premier, c'est
injuste !

Personne ne répondit, on regardait. Tous su-
bissaient, sans qu'un seul y échappât même parmi
les plus déçus, l'impression que les vrais artistes
éprouvent en face d'une œuvre achevée. Tous
murmuraient :

« C'est admirable, lui seul a mérité le prix ! »
Romain, le père, répétait avec son fils : c'est injuste !

Guy, sous l'avalanche des félicitations, pro-
testait gaiement et s'appliquait à détruire l'effet
de son tableau de la façon la plus réjouissante
du monde.

— Je vous assure, disait-il, que je ne suis
qu'un barbouilleur. N'ayez pas la prétention de
me sacrer artiste. Cela est dû au hasard. Il n'y
a que de la faveur du sort dans ce que vous appelez un chef-d'œuvre. Cette image est une copie de la nature sans que l'inspiration, le choix,
la recherche, le talent y aient aucune part.

On lui sut gré d'une modestie dont nul ne se
crut le droit de douter. Mais tous réclamèrent
l'explication du rébus écrit au bas du portrait,

on demanda le récit immédiat de : « L'histoire
à conter. » Il promit de la dire à table, et obtint qu'on le laissât voir à son tour les Belles de
ses amis. Les exposants, les membres du jury
dînaient chez Hélène. C'était un gala de qua-
rante personnes, mais la salle à manger était
grande, et, par ses portes, qui glissaient l'une
sur l'autre, on pouvait au besoin ajouter la serre.

Chaque portrait avait sa valeur, et fut apprécié, discuté, défendu par les jeunes peintres,
comme il l'avait été par les juges. On se croyait
entre hommes, malgré Hélène, et plus d'un
idéal fut ramené à ses proportions humaines.

On criait indiscrètement : « Voilà les épaules
de la femme de Pierre ! Voilà le buste de la
maîtresse de Paul ! » Les plaisanteries, lancées
par-dessus les têtes, étaient reçues comme des
volants qui rebondissent pour être renvoyés.

Quand les peintres sont de joyeuse humeur,
leur gaîté a une verve communicative qui en-
traîne les plus rebelles. Ils redeviennent volontiers des rapins. Eux qui sont si personnels, si

infatués, reprennent leur caractère d'élèves, retrouvent cet esprit d'atelier si plein de bonhomie, d'imprévu, et sont ravis eux-mêmes de secouer le poids de leur vanité. La plupart ont étudié chez les mêmes maîtres. Ils se souviennent de leur camaraderie les jours de fête, quitte à se haïr les jours de rivalité.

Martial, s'approchant de sa fille, passa son bras sous le sien et lui dit :

— Tu es une fée, Hélène.

— La fée Carabosse, mon père.

— Qu'importe !

Romain, apercevant son vieil ami auprès d'Hélène, se glissa entre eux, les sépara.

— On se dit des douceurs sans moi ? demanda-t-il. J'ai été à la brouille, je veux être au raccommodement.

— Je te donne ma bénédiction, répondit Martial, tu as aidé Hélène de tes conseils, tu l'as encouragée dans ses audaces ; reçois devant elle le témoignage de ma gratitude, et, sache-le, j'ai ce soir des fiertés paternelles.

Un pli dédaigneux souleva la lèvre d'Hélène.

— Vous êtes bien un artiste, mon père, dit-elle. Vous avez plus d'amour-propre que d'amour des autres.

Après avoir couronné Guy de lauriers, les juges proclamèrent le nom du premier prix pour le paysage.

Un « coin de nature » fut préféré à tous les autres d'un consentement unanime. Martial offrit une belle coupe d'or qui égalait en richesse la valeur artistique de l'amphore d'argent donnée par Romain au prix de grande peinture.

Le coin de nature choisi représente au coucher du soleil un bord de mer du littoral de Provence. On y voit à l'horizon le ciel et l'eau embrassés, confondus, puis des navires ayant l'air de faire de grandes enjambées pour aller plus vite. Un phare, avec des constructions qui s'allongent et traînent derrière lui, prend un air de grande dame qui porte une robe à queue et une étoile au front, comme la belle Féronnière. Quelques roches sombres, presque noires,

ressemblent à une énorme fourmi ailée et pa-
raissent voler en rasant les flots. Le bras de mer
d'un golfe s'arrondit gracieusement, presse la
terre, et fait rêver à une entreprise amoureuse.
Les oliviers se mirent dans une eau si limpide.
que leurs silhouettes réfléchies se confondent
avec les pâles ramures de l'arbre lui-même. Une
barque rentre au port; ses voiles sans brise re-
tombent molles comme les plis d'un drapeau
qu'on ramène à la caserne. A l'horizon, la mer
est lie de vin; elle est argentée sur ses rives et
d'un bleu rosé au centre. Des eucalyptus, les
hampes empanachées de fleurs blanches et de
feuilles grises, se ramassent pour former d'énor-
mes bouquets. Une île qui s'enfle sur le dos de la
mer présente comme une offrande sa corbeille
de verdure aux dieux du ciel.

Guy reconnaît l'une des îles de Lérins, Sainte-
Marguerite, et la nomme. Il ajoute que cette île
lui paraît assez belle pour servir de prison à de
grandes figures, et que jusqu'à présent on ne
lui a donné que des masques!

Ses camarades crient : Il y a un mot ! c'est le meilleur de la journée ! Je le savoure ! Et tous répètent les lieux communs à la mode sur le boulevard ou dans les ateliers.

« Les triomphateurs au Capitole ! » ordonne Hélène, qui se précipite au piano dans le salon le plus proche de la galerie, et joue une marche qu'elle improvise.

On prend des tabourets, on les soulève, on place dessus les vainqueurs, on les porte, et l'on fait, avec eux, en mesure, le tour des salons.

La marche d'Hélène, applaudie à tout rompre, est bissée. Elle en improvise une autre, dont il est facile de saisir la mélodie, qu'elle chante d'ailleurs, et que ses jeunes amis répètent.

Le paysagiste demande grâce.

Guy, avec son aplomb, son aisance, se prête à toutes les folies de ses camarades. Il prononce un discours drôlatique, puis, tout à coup, il parle en vers. On lui répond en Alexandrins, et c'est alors un assaut de réminiscences classiques, dont on torture le sens, pour le plus grand plaisir de ces fous jeunes et vieux.

Un plaisant essaie une complainte sur l'air d'une scie pour obliger Guy à raconter l'histoire de sa Belle. Le refrain de la complainte est ceci :

Diras-tu tes amours de bonne heure, ou, Guy, tard ?

Le couronné ajoute chaque fois, répondant au chœur :

Bien plus tard !

Hélène accompagne.

A la fin les jeunes peintres chantent sur l'air des lampions : Tout de suite ! tout de suite !

On pose Guy et son tabouret sur une table.

Il tire sa montre.

— Je ne prononcerai pas un mot, dit-il, que vous n'ayez fait cinq minutes de silence.

Mais les plus curieux parmi les camarades du triomphateur essaient en vain de se taire. Des plaisants feignent des disputes, ils interpellent ceux qui n'ouvrent pas la bouche. Au moment où le calme paraît se rétablir, un bâillement, un

5.

accès de toux, un geste comique surviennent,
et les voilà tous éclatant de rire.

— Écoutez donc! dit la maîtresse de la maison
avec impatience.

— Non, non, chère Hélène, répète Guy devenu grave, n'insiste pas. Si quelqu'un s'amu-
sait de mon histoire, et il est impossible que,
lancés comme nous le sommes, on la prenne au
sérieux, j'écraserais l'interrupteur sous les pieds
de mon tabouret!

— Messieurs, je crains les drames! s'écrie le
paysagiste avec son accent provençal et une
couardise jouée qui provoque de nouveau les
rires.

L'heure du dîner venue, un domestique l'annonça. Les simples invités à la fête, qui étaient
restés jusque-là, se séparèrent des convives.

Guy sauta de son tabouret à terre, jeta sa
couronne, et offrit son bras à la maîtresse de la
maison, qui donna sa main gauche au paysagiste.

On entonna de nouveau la marche d'Hélène.

Deux par deux, les exposants, précédés de Martial et de Romain, qui suivaient eux-mêmes les membres du jury, se dirigèrent vers la salle à manger.

Les tables étaient dressées en fer à cheval, le milieu s'élevant un peu en estrade, de sorte qu'Hélène et les vainqueurs, Martial et Romain placés en face de leurs enfants, voyaient tous leurs convives qui se voyaient entre eux.

— Nous ressemblons à la Cène de Tintoret, *Chiesa santa Maria della Salute*, à *Venezia*, commença Guy, que son italien tourmentait.

— On ne parle pas latin chez moi, dit Hélène en riant.

— A la porte l'étranger! cria Martial.

Les conversations, durant le passage des premiers plats, furent une suite de propos interrompus, de coq-à-l'âne, d'exclamations baroques. Jusqu'au dessert le refrain de la complainte revint, partant d'un côté ou de l'autre des trois tables.

Diras-tu tes amours de bonne heure ou, Guy, tard?

Tout à coup le jeune homme répliqua :

Je les dirai maintenant.

— Qu'un profond silence règne pendant ce récit, ajouta le paysagiste. Amis, souvenons-nous des menaces faites par ce héros.

— Chut! chut! le jaloux, s'écrièrent les convives.

— Permettez un exorde, reprit le narrateur. Nul de vous n'ignore que mon état est la galanterie, que mon but est l'amour et que mon *destin* m'oblige à rassembler non sans peine le trésor éparpillé dans toutes les femmes.

— Quel charabias métaphysique, dit Romain.

— Plus on me croit volage, plus je suis amoureux, car je cherche, ô mon père, la femme dans les femmes. Chaque fois que je parais refroidi, c'est que je redeviens plus passionné de découvertes nouvelles. Je change d'amante pour amasser une plus grande somme des richesses que la créature féminine dispense à l'homme, et mes inconstances sont la preuve de ma fidélité inébranlable à mon idéal.

— Il est possible de trouver la femme dans une femme, repartit Martial. Si tu soutiens le contraire, seigneur écolier, je suis là pour t'infliger un démenti.

— Glissons alors sur les théories puisque vous vous révoltez si aisément, maître, continua le jeune homme et venons au fait. Un jour j'allai à Vérone, berceau de l'amour cher aux impatients, berceau de Juliette qui s'éprit au premier regard de Roméo. Mes amis, combien les victoires rapides sont plus glorieuses et livrent au vainqueur plus de butin que les lentes conquêtes! Les fortunes de l'amour, d'ailleurs, je le crie devant vous tous, qui êtes des artistes, valent plus que toutes les autres, fût-ce la fortune de la célébrité. Interrogez-vous comme je m'interroge. Déjà le plaisir fugitif de mon succès m'échappe; je ne peux plus saisir la trace de la sensation qu'il m'a un instant causée. Tandis que je puis à tout moment rééprouver le trouble délicieux de mes dernières émotions amoureuses. Répondez : lequel d'entre vous ne

préfère à son ambition l'amour, de quelque façon qu'il le conçoive, esclave ou libre, et ne
déclare supérieure à la gloire la femme, tel visage qu'il lui sache, qu'il lui veuille ou qu'il
lui rêve ?

— L'amour d'une morte même vaut mieux
que la gloire vivante, répliqua Martial. En cela,
Guy, tu dis vrai.

— L'amour paternel aussi est un amour,
ajouta Romain. Je le préfère au succès le plus
brillant.

Chacun des invités, jeune ou vieux, pensa
tout haut, et répondit par une affirmation à la
question de Guy.

Seule, Hélène se tut.

— Je ne peux même plus aimer mon amour
filial ! songea-t-elle.

Le conteur poursuivit.

— J'entrai un matin dans les grandes et calmes arènes de Vérone. J'y évoquai les douces
dames lettrées et galantes qu'aimaient et que
chantaient les poëtes italiens à la cour des Sca-

liger, dames peu farouches, curieuses, adorant
comme moi peut-être l'amour plus que les
amants. A genoux sur l'une des plus hautes
dalles du cirque, je regardai la ville et je me
laissai poétiquement assaillir par les visions avec
lesquelles mon père a bercé mon enfance. Les
amoureuses italiennes de la Renaissance m'ou-
vraient leurs palais, me racontaient leurs
mœurs, déployaient leur luxe, et toutes les
femmes peintes par Romain, s'animaient
sous le ciel d'Italie, marchaient dans ces
jardins et dans ces rues qui n'ont pas changé
depuis elles, se penchaient à ces fenêtres, ou
causaient avec goût dans des cours d'amour
de la poésie et des sentiments. Mon père, je
vous en demande pardon, mais on ne revit
la Renaissance que chez les Italiens, c'est
pourquoi, par respect pour le caractère de
votre art, je demeure loin de vous, mais où
vous devriez être.

—Parle de ton aventure, repartit Romain d'un
ton brusque, il y a aussi une Renaissance française.

— Sans compter celle que nous commençons,
ajouta Martial, et qui ne sera plus la Renaissance d'une décadence. Aujourd'hui on connaît
les vieux maîtres de la Grèce, les seuls, les
vrais, et on sait la différence qu'il y a entre Homère et Platon. Ce n'est plus le dernier qu'on
imitera, mais le premier, et déjà ce n'est pas
du plus artificiel, du plus spécieux des anciens que je m'inspire, moi, mais du plus simple
et du plus grand !

— Bravo ! s'écria l'école grecque parmi les
jeunes peintres.

Romain haussa les épaules.

— Tout à coup, reprit le narrateur, je bondis
sur place, puis je fus cloué par l'extase. En deux
battements j'eus toute ma passion au cœur ! Mes
ardeurs amoureuses s'agitèrent éperdues en mon
cerveau; ma faculté d'admiration envahit mes
yeux. J'avais devant moi, séparé d'elle par toute
la hauteur du cirque, la Belle que j'ai peinte,
mais plus radieuse, plus éblouissante sous les
feux ruisselants du soleil. Elle était dans cette

robe rose, sur ces dalles blanches, sous le ciel bleu, et l'harmonie que donne la lumière italienne aux vives couleurs enveloppait cette femme et son cadre.

Elle entra dans la loge des Vestales, et elle eut cette physionomie passionnée, ce geste superbe d'une prêtresse arrêtant le combat des gladiateurs dans l'arène. Elle parlait au-dessous de moi. J'entendis sa voix sonore, et l'éclat distinct des mots qu'elle prononçait parvint jusqu'à mon oreille.

S'adressant aux deux hommes qui l'accompagnaient :

« Je suis de race germaine, de souche protestante, de famille gibeline, disait-elle, et trois fois l'ennemie de Rome. Cependant, lorsque j'entre dans ce cirque, je me sens avant tout l'ennemie des Romains. Ici, autour de moi, se presse la foule sujette des Césars ; le César lui-même, avide de cruautés, se dresse à mon côté, dans sa loge. Là, mes frères, condamnés aux luttes de l'arène, y viennent chercher la mort

libératrice. Au milieu des durs conquérants de
la Germanie, qui huent le blessé, qui applau-
dissent aux coups portés par le vaincu au vaincu,
et trépignent de plaisir au spectacle des blessures
dont un esclave frappe un autre esclave, res-
sentez-vous la haine, l'impuissance horrible, la
soif de vengeance qui mordait et torturait le
cœur du gladiateur expirant? Moi, je l'éprouve
après les siècles des siècles. Je maudis le César
dans sa robe sanglante! J'exècre le plébéien et
jusqu'au patricien. Il se pourrait, ajouta-t-elle
en souriant, que je me plusse à venger quelque
jour les gladiateurs sur vous, cher prince, qui
descendez par les Croscio des odieux empereurs
de la Rome antique. Avec cela vous êtes catho-
lique passionné, et Guelfe! La belle occasion
que j'ai d'être cruelle à mon tour. — Les
» vôtres ont renié l'hérésie et l'Allemagne, chère
» marquise, répliqua le prince. — Je me sens
la petite-fille de ceux qui ne les avaient pas re-
niées, dit-elle, et je suis un singulier mélange
d'hérétique et de convertie. »

Étrange créature, reprit le fils de Romain. La marquise, même à première vue, me fit l'effet d'une ondoyante, d'une diverse, qui recélait plus qu'une autre sa part de mystères féminins. J'étais amoureux fou ! Au risque de me rompre les os je sautai de gradin en gradin jusqu'à la loge impériale, tandis qu'elle s'éloignait en traversant l'arène. Le récit détaillé de ce que je fis pour être reçu chez la marquise, je vous l'épargne, car il nous tiendrait jusqu'à demain. Jamais, en Italie, je n'avais rencontré de telles difficultés quoique j'en eusse parfois surmonté d'infranchissables, car apprenez que je dédaigne les bonnes fortunes faciles.

La marquise avait toutes les tyrannies des savantes dames de la Renaissance, et se permettait en outre tous les mépris que les femmes italiennes du xviiie siècle ont professés pour les hommes italiens. Elle était veuve, et son cercle d'amis, peuplé d'esclaves aussi martyrisés que les gladiateurs romains, lui obéissait, mais à la condition de l'enfermer au milieu d'eux et de ne laisser pénétrer aucun nouveau-venu auprès d'elle. Je sus qu'elle était l'alliée des plus vieilles familles du Milanais, imbue par conséquent de tous les préjugés aristocra-tiques. Elle portait, de son chef, des armes dans lesquelles étaient l'échelle des Scaliger et la couronne d'un marquisat célèbre, d'investiture impériale. C'est pourquoi elle aimait à se dire Gibeline.

— Prétends-tu l'épouser ? demanda Romain avec terreur.

— Hélas, mon père, quelle que soit la forme de mon malheur ou de mon bonheur, je vous le devrai, repartit le jeune homme. Apprenez donc que la marquise, en vraie grande dame italienne, adore la Renaissance. Je découvris qu'elle n'ad-met qu'un peintre dans notre temps, un Français, Romain ! Sans les obstacles que ses amis dévoués apportent à tout ce qui l'éloigne d'eux, elle fût venue à Paris faire faire son portrait par vous, par celui qu'elle nomme : le maître ressuscité ! Lorsque j'eus cette révélation, j'écrivis à la mar

quise et je lui demandai, au nom du peintre
Romain, dont je me déclarai le fils et l'humble
élève, la faveur de dessiner son beau visage,
mon père m'ayant envoyé à Vérone pour recher-
cher le type des femmes au temps des Scaliger.
Le lendemain j'avais une invitation. La marquise me traita comme elle eût traité Romain
lui-même, et, d'esquisse en esquisse, je fis le
portrait que vous avez couronné, qu'elle trouve
admirable.

— Et qu'elle ne reverra jamais, dit Romain,
car il appartient à Hélène.

— Il est au plus impérieux des modèles, répliqua vivement Guy; et j'ai juré de le lui rendre.

— Les Belles qui sont ici sont à moi, repartit la fille de Martial d'un ton moqueur. C'est
une convention que tous tes amis ont acceptée,
que tu accepteras toi-même, ô vainqueur !

Guy allait s'emporter quand l'un de ses camarades lui cria :

— Si tu épouses, tu auras le loisir de refaire
ce portrait.

— Épouser une marquise et renier sa caste, répliqua Romain avec colère, c'est impossible !

« Ce serait ajouter le parjure à l'outrage. »

dit un jeune peintre, citant un vers d'*Iphigénie*.

— S'il épouse, il cesse d'être un redresseur de torts, un don Quichotte, et je lui retire mon amitié, reprit Hélène avec hauteur.

— De quoi redresse-t-il les torts ? demanda Martial, de qui est-il le don Quichotte ?

— Des femmes laides ! mon père, il en est le vengeur. C'est pourquoi j'étais sa confidente depuis dix ans, parce que moi seule plus qu'aucune autre, telle que je suis, j'avais le droit de le louer, de le bénir.

— Comment, dit le jeune homme chez lequel la curiosité fit cesser l'irritation, j'accomplissais tes vœux, j'exerçais tes vengeances ?

— Oui, connais-moi comme je me connais enfin, répondit amèrement Hélène.

Et, trouvant l'occasion favorable pour tenir son rôle de révoltée :

— Tu croyais donc, ajouta-t-elle que je t'avais donné gratuitement les soins de mon amitié, ma plus reconnaissante tendresse, que je t'aimais, pour toi-même, plus que je n'aime mon père et le tien? Je te chéris, frère, par haine des jolies femmes que tu fais souffrir, et dont je suis d'autant plus l'ennemie jalouse qu'elles sont plus belles! Va, poursuis ton chemin, mon allié, ne t'attendris pas, ne faiblis point, ne sois jamais vaincu; toi qui obligeais autrefois tes conquêtes à se livrer sans condition, à merci, te verrais-je donc capituler? Épargne à celle qui depuis dix ans t'approuve, t'honore, t'admire et te glorifie, épargne-lui le spectacle de ta lâcheté!

Les peintres qui avaient apporté dans cette maison le portrait de leur Belle, regardèrent, surpris, cette laide se peindre à son tour, et l'écoutèrent avidement.

— Quoi, mes amis, continua Hélène, les unes posséderaient ce don que ni la volonté, ni la lente patience, ni la fièvre, ni le travail, ni la vertu, ni la richesse, ni la passion, ni la gran-

deur d'âme, ni l'héroïsme, ni le génie ne peuvent acquérir, celles-la auraient la beauté, qui
est l'art suprême, l'art vivant, l'œuvre jouissant
elle-même de sa perfection? Elles seraient dotées
d'une fortune supérieure à la gloire, d'un éclat
plus éblouissant que la lumière, d'une qualité
plus admirée parfois qu'une action sublime?
Divinités visibles, adorées, elles résumeraient
en elles tous les attributs de la poésie humaine,
toute la puissance de l'attrayante nature, la
grâce des formes, des lignes, des couleurs? Il
régnerait de par le monde une telle puissance,
il existerait une telle joie, sans envieux, sans
jaloux, sans ennemis? Non, non! Il y a des don
Juan, des Lovelace, des sceptiques, des roués,
des justiciers!

Elle parlait ainsi devant des artistes, dans ce
milieu intelligent fait pour tout comprendre,
qu'elle voulait s'attacher par l'originalité, ne
pouvant le séduire par le charme! Hélène donnait d'une manière définitive, par un seul trait,
la mesure de sa façon d'être. Après cette décla-

ration, nul ne dut songer à obtenir d'elle qu'elle
admît dans son salon des femmes jolies, les
seules pour lesquelles on essaye de forcer les
portes.

Les sons de sa voix de contralto aux notes
profondes vibrèrent dans le silence après ses
dernières paroles. Son esprit ayant de prime-
abord trouvé des bienveillances, sa sincérité
trouva des amitiés. Plus d'un peintre, plus d'un
artiste, frappé par un caractère et par une disgrâce où rien n'était vulgaire, lui voua un attachement durable.

Guy réfléchissait, non sans étonnement, aux
confidences publiques d'Hélène. Quoi, celle qu'il
croyait indulgente pour des péchés mignons était
surtout impitoyable pour les favorites de son
ami? Là où il n'avait vu qu'une dédaigneuse
absolution, il rencontrait la plus passionnée des
approbations? Quelque chose d'imprévu occupa
l'esprit de ce blasé, et son goût fraternel pour
Hélène lui parut avoir une saveur nouvelle.

La maîtresse de maison s'étant levée de table,

6

on alla prendre le café dans le salon turc. La coupole se souleva et les convives furent autorisés à fumer. Ayant, à leur gré, suffisamment causé d'amour, les jeunes peintres causèrent d'art.

Comme on louait encore le portrait de la marquise, Martial gourmanda Guy sur une paresse que n'excusait plus dans le passé le manque de talent. Le jeune homme, malgré les protestations du sculpteur développa une thèse assez singulière :

— Tous les fils d'hommes célèbres, dit-il, sont nécessairement exténués du labeur excessif des auteurs de leurs jours, lesquels épuisent leur séve, dépensent sans compter toute la somme de leur inspiration, l'engagent en eux seuls par avance et la détiennent en leur absorbante personnalité. Les pauvres enfants, déshérités même avant de naître, sevrés avant d'être allaités, harassés avant d'avoir travaillé, énervés avant d'avoir agi, ont toutes les sensibilités maladives de leurs pères, toutes leurs lassitudes sans en

avoir la puissance, le ressort, la volonté! Ils
sont paresseux, rien n'est plus vrai, mais ils se
reposent des travaux de parents arrivés à la célébrité. Le destin du fils de l'homme illustre est
toujours médiocre s'il ne découvre pas en soi
quelque faculté inexploitée par son glorieux as-
cendant. Si je n'étais un coureur d'aventures, je
ne serais personne, ajouta Guy, et je rends grâce
à Romain de m'avoir, par sa vertu, préparé à
fournir une longue carrière comme libertin.

Ces jeunes irrévérencieux, lancés par Guy,
assaillirent de goguenardises leur grand maître,
qui en vint à se défendre plus plaisamment qu'il
n'était attaqué.

— Mes enfants, dit le vieux peintre lorsque
la conversation eut repris un tour plus sérieux,
vous n'avez pas la bosse du travail, même quand
votre père ne l'a pas eue. Peut-être vous épar-
gne-t-on avec trop de sollicitude des difficultés
saines et excitantes? Vos maîtres sont moins mystérieux, moins personnels que les nôtres ne
l'étaient; ils ne craignent pas de vous initier,

dès vos débuts, aux secrets de leurs procédés ;
sans doute ils ont raison, car l'art est au-dessus
du savoir-faire, mais combien se croient artistes
parce qu'ils savent peindre, combien n'ajoutent
que la quantité, non la qualité, à notre légion ?
Plus d'un, parmi vous, se contente de la première
inspiration venue, qui eût appris à la solliciter
meilleure, à l'attendre plus longtemps, à lui
accorder les bénéfices d'une gestation plus lente,
s'il avait su moins vite et moins aisément dessiner et peindre. J'ai peur que les nouvelles
manières d'instruire nos élèves ne répandent
plutôt que de les accroître les facultés artisti-
ques, et que, supprimant une part trop grande
de l'effort, nous ne vous apprenions à diffuser
l'art plutôt qu'à le concentrer en des œuvres
puissantes.

— Les Grecs en si grand nombre peignaient
et sculptaient, ils avaient tant d'ateliers, tant
d'écoles, repartit Martial, qu'en Grèce tout le
monde savait l'art. Et plus de gens comprennent
le beau dans une nation, plus il s'élève pour le

cultiver d'hommes d'élite au-dessus de la foule.
Dans les pays sans instruction artistique, il y a
peu d'artistes, et ils sont médiocres. Le génie,
comme toutes les belles productions naturelles,
naît dans un milieu préparé. Ami, ne doute pas
du présent, car tout s'élabore, tout se forme
pour une splendide éclosion artistique. Les signes
apparaissent. Ce sera au moins égal à ce que
nous laissons derrière nous parce que les éléments
d'art renaissent dans la pensée humaine. Oui,
oui, je vois l'avenir sans découragement. Voulez-
vous que je vous dise la bonne aventure de l'art
futur, mes enfants?

— Nous sommes attentifs, maître, répondirent
les jeunes hommes, pressés autour de Martial,
comme le chœur antique autour du héros qui
commence un récit.

— Il me semble que ce que j'appelle l'école
intime, intérieure, domestique, va disparaître.
Les Hollandais, les Anglais, nos paysagistes, les
peintres de coin du feu et de coin de nature,
j'en demande pardon à votre exposition d'aujour-

6.

d'hui ! les peintres de scènes de mœurs qui comblent la période entre la Renaissance et ce qui va être, tous ont fait leur temps. Assez d'ombres, assez de demi-jour, assez d'intérieurs, assez de nuances, assez de ciels du nord ont été peints depuis trois siècles, pour ne vous parler que de peinture. Déjà la jeune école, tout ce qui porte l'avenir dans ses entrailles, se tourne vers l'Orient, vers les pays de grand soleil, dont toutes les routes de terre et de mer conduisent en Grèce. Notre Renaissance, comme l'autre, renaîtra là-bas sur le sol qui de ses lignes a créé la forme et de sa lumière a créé la couleur ! Vous écoutez, mes enfants, et je vous félicite de votre attention car elle est une preuve de votre valeur. Il y a vingt ans je ne pouvais parler à personne de mes Grecs sans être ridiculisé. Aujourd'hui on me comprend, on m'approuve, on m'excite, on m'échauffe, on m'applaudit. La première Renaissance a commencé par le réveil de l'admiration pour les anciens, puis est venu le pastiche et l'imitation libre, et

l'inspiration presque semblable dans Michel-
Ange. Guy vous disait tout à l'heure, sous les
apparences d'un paradoxe, une chose vraie. Les
peuples sont comme les fils des hommes célèbres.
Ils ont la lassitude de ce que leurs pères ont
produit et ils cherchent quelque faculté inexploitée par leurs devanciers. Ils trouvent dans
des aptitudes différentes des aptitudes préserva-
trices d'un complet épuisement. Les observateurs
superficiels y voient des réactions violentes, et
ce ne sont que des repos qui préparent à leur
tour le réveil des facultés premières. Je cite
l'exemple de mes vieux Grecs, auxquels il faut
toujours revenir. Lorsqu'ils furent parvenus à
la complète réalisation des beautés de la forme,
leur esprit fatigué se blottit paresseusement dans
les rêves de l'idéalisme. De même, en sens in-
verse, au x v ᵉ siècle, l'intelligence des hommes,
après avoir porté le poids de la scholastique,
après avoir subi les sophistes, examiné jusqu'aux
utopies mystiques de Savonarole, se retourna
tout à coup avec passion vers le culte de l'art

païen. Depuis, le spiritualisme a de nouveau vaincu l'amour de la forme, mais les abstracteurs se démodent, et vos philosophes autorisés culbutent la métaphysique pour placer l'art en face de sa plus grande inspiratrice, la nature !

Quoiqu'il eût à peine soixante ans, Martial, dont la réputation avait été précoce, était vénéré comme un ancien par des artistes presque aussi âgés que lui, et il passait en même temps, aux yeux des plus jeunes, pour un précurseur.

Après avoir raisonné sur le discours du maître, plusieurs invités s'enhardirent et réclamèrent d'Hélène la faveur d'être reçus par elle chaque semaine. On prit rendez-vous pour le samedi suivant.

— Ne soyons pas seulement des causeurs qui se réunissent, dit Martial à ses jeunes amis, ayons une raison de penser en commun, cherchons un motif de conclure quelque alliance, de nous relier en groupe. Voulez-vous fonder une ligue pour la propagation de la foi en la deuxième Renaissance?

— Je n'en suis pas ! s'écria Romain.

— Nous admettrons les profanes, répondit Martial, mais chaque affidé devra s'engager à lire Homère pour le moins une fois l'an. .

La proposition eut un succès complet, et l'on ne se sépara qu'après avoir nommé Martial chef des ligueurs. Le salon d'Hélène fut donc déclaré viable, et il naquit de l'union singulière d'une femme laide et d'artistes amoureux du Beau.

En quittant Hélène, Guy lui demanda de l'inviter à dîner pour le lendemain.

— Tu viendras seul ou avec ton père? dit-elle.

— Je viendrai seul, j'ai à te parler de choses graves.

— D'affaires ?

— Non.

— De sentiments ?

— Pas davantage.

— Alors ?

— D'arrangements pour toi et pour moi.

Hélène, lorsque l'écho du dernier bruit de sa fête eut cessé, rentra dans sa chambre et se déshabilla lentement. Sa nourrice, émerveillée, se répandit en admirations sur le bel air des salons, sur la gaîté des invités, sur l'ordonnance du repas, sur la joie de Martial, sur le talent de Guy, sur l'esprit d'Hélène. Elle avait tout vu, tout écouté, tout retenu, tout fait conter par chacun des domestiques. Quoique respectueuse, elle donnait son avis avec franchise, ayant vécu dans l'intimité d'Hélène, qui s'était plu à former, à élever l'intelligence d'une servante et à en faire une amie. Ce qui réjouit la nourrice, ce fut l'idée que sa chère fille allait recevoir chaque semaine, et se distraire comme ce soir-là. Dix personnes en sortant avaient répété : enfin, nous possédons le salon des peintres ! et c'était sans doute une grande victoire pour Hélène que de faire dire cela puisque tant de gens s'extasiaient à ce propos.

— Bien des femmes, paraît-il, ajoutait la bavarde, ont essayé de recevoir, mais il ne faut pas seulement une grande fortune, de la grâce, une belle maison pour faire désirer à chaque

invité qui sort d'un salon d'y revenir. Le talent
même ne suffit pas, puisque l'illustre Martial et
l'illustre Romain se plaignaient souvent de ne
pouvoir réunir à deux, et par intervalles, que
de rares amis. Hélène avait donc ce que beaucoup d'autres n'ont pas : de l'animation, de la
belle humeur, de la verve, l'esprit qui répand
la vie autour de soi. Ce n'était donc plus une
paria ! Elle allait gagner à cette existence l'affection d'hommes intelligents qui lui seraient une
famille, l'aimeraient, l'apprécieraient comme
l'avaient seuls aimée et appréciée jusqu'ici Romain et son fils. »

Hélène se plaisait à entendre les réflexions de
la nourrice parce que toutes les pensées de sa
confidente germaient sur un terrain ensemencé
par elle. La brave créature, veuve, dont les enfants et les neveux servaient Hélène, lui appartenait corps et bien. Elle pouvait, sans crainte
d'indiscrétion, déposer ses désirs, sa souffrance,
ses projets, ses fantaisies dans ce cœur obéissant
et dévoué.

— Tu le vois, nourrice, dit Hélène, j'ai pris mon parti d'être originale, étrange; me voilà, sans retour, l'ennemie déclarée des femmes.

— Mon enfant, il y a toujours profit à avoir le défaut qu'on vous prête. Je vous ai quelquefois reproché d'être humble vis-à-vis des femmes. Elles vous croyaient jalouse parce que vous n'étiez pas belle, méchante parce que vous aviez de l'esprit, et, vous le savez bien, celles qui ont été les plus dures pour vous, ce sont les plus laides et les plus sottes.

— Les femmes très-belles seules eussent pu être mes amies, parce que d'ordinaire elles ont une bonté facile; mais outre que je me sentais une répulsion invincible pour elles, tu te souviens, nourrice, de ce mot que nous entendîmes par hasard, un jour, de l'une d'elles, et qui me rejeta plus sauvage dans ma solitude? « Je ver- » rais bien volontiers la fille de Martial qui est » très-intelligente et m'intéresse, disait-elle, » mais je crains qu'on ne m'accuse de la choisir » comme repoussoir. »

— Est-ce qu'il vous a été difficile d'être ce
que vous avez été ce soir, mon Hélène ? demanda
la nourrice pour détourner sa chère fille d'un
souvenir qui réveillait d'ordinaire toute son
amertume.

— Non, je ne me suis contrainte en rien, et
j'ai trouvé une sorte de délassement, de dé-
tente à dire tout ce qui me venait aux lèvres sans
même y avoir réfléchi. Je me débarrassai comme
d'une surcharge d'esprit. J'ai tout d'abord senti
de l'allégement à ne rien peser dans mes paroles.
La résignation décidément me coûtait plus que
la révolte. Je suis donc une rebelle, et j'aurai
ma note aiguë à chanter dans le concert que je
donne à mes nouveaux amis. Mais combien tu me
seras plus nécessaire encore, nourrice, car l'a-
mitié des hommes est rude, égoïste, exigeante
avec les femmes sans beauté. Plus j'inspirerai
de ces amitiés, plus il me manquera de ta tendresse.

— Vous prendrez un grand plaisir, ma fière
Hélène, à vous tenir debout au milieu des hom-

mes qui se refusent à se mettre à vos pieds. Ha-
billée d'une armure pareille à celle des chevaliers de votre antichambre, je vous l'enlèverai
le soir, et vous pourrez être une fille faible avec
votre vieille nourrice. Puisque vos divinités n'ont
point permis que vous fassiez beau visage dans le
monde, vous y ferez au moins belle figure.

Et, la nourrice d'Hélène, l'ayant embrassée,
la coucha comme une enfant, lui parla doucement de sa fête, baissant à mesure la voix pour
bercer sa fille bien-aimée jusqu'à ce qu'elle l'eût
endormie.

Le lendemain Hélène se leva désœuvrée, et
par conséquent triste. Tout labeur accompli, tout
succès obtenu, toute satisfaction d'orgueil conquise, tout but atteint laisse dans certains cœurs
le sentiment de la duperie ou de l'insuffisance.

Sauf une fois par semaine, la maison d'Hélène devait donc être vide. Elle donna cependant l'ordre de tenir chaque jour l'hôtel orné
comme pour une réception, et voulut qu'il fût
sans cesse empli de fleurs. Elle dérangea négli-

gemment les siéges, s'efforça de faire prendre un
air habité à ses grands appartements. Guy, venant dîner ce soir-là avec son amie d'enfance,
elle déploya pour lui seul le luxe qu'elle avait
déployé la veille pour cent personnes. Elle mit
la même toilette, le jeune peintre l'ayant remarquée, s'installa dans le salon blanc et or
qu'il avait admiré, jeta des livres sur les tables,
fit dresser un chevalet où elle ébaucha un dessin, ouvrit son piano, répandit enfin le désordre
vivant et la gaîté au milieu de meubles corrects
et froids dans leur solennelle richesse.

Elle écoula ainsi les longues heures du matin
et de la journée. Vers le soir, un peu lasse, elle
s'étendit sur une chaise longue. Les choses étant
à son gré autour d'elle, Hélène s'examina, son-
geuse, et pensa aux ornements qu'elle pourrait
ajouter à son caractère et à son intelligence. La
marche improvisée et chantée la veille avait pro-
voqué un tel enthousiasme qu'elle se promit
tout d'abord de développer son talent de musi-
cienne.

Hélène savait, en outre, sans recourir au grotesque, en exagérant d'un seul trait quelque
geste habituel, faire de l'homme le plus sérieux
la plus amusante des caricatures.

Son dessin commencé la rappelant, elle se leva
pour le continuer, se disant qu'elle pouvait
étonner Guy par sa façon originale de camper
un personnage.

Elle riait seule en crayonnant quelques-uns
de ses invités lorsqu'elle reçut une lettre de Romain, lui annonçant que son raout était le sujet
de toutes les conversations, et qu'elle avait eu par
sa rondeur distinguée, par son excentricité de
grande allure, un succès incontestable. Romain
terminait ainsi :

« Courage, ma chère Hélène, tu es devenue
quelqu'un dans notre Paris ; tu as maintenant,
plus que bien d'autres, ta part d'influence et
ton droit à l'affection par ta valeur reconnue. »

Ce billet causa une véritable joie à Hélène.
La sincérité de Romain lui était une garantie de
la franchise des impressions qu'il avait recueil-

lies chez les autres. On ne disait au grand peintre que la vérité, et il devenait inutile de faire une restriction, d'avoir un doute lorsqu'il transmettait ses louanges et y ajoutait ses compliments.

Ainsi, en redressant sa taille courbée, en regardant la malveillance avec défi, avec audace, la laide venait d'enlever à un groupe d'artistes son suffrage approbateur. Hélène, à ce propos, se demanda si la société ne préfère pas aux résignations inutiles les défauts hardis qui mettent les passions en jeu. Faut-il que toutes les énergies s'exercent, même celles qui sont une arme contre le prochain et qui semblent faites pour le blesser?

La déclaration de guerre d'Hélène aux femmes lui donnait subitement pour défenseurs ceux que ne lui eût jamais conquis sa soumission aux triomphes de la beauté.

Ce que les hommes intelligents prisent le plus dans les êtres disgraciés, c'est la bravoure, et ce qu'ils détestent par contre c'est l'appel à la pitié.

— Si chaque artiste, sensible comme il l'est

d'ordinaire, se dit Hélène, devait s'attendrir sur
les épreuves infligées à tous, et porter la charge
des souffrances des autres, avec celles qu'il se
suppose ou qu'il supporte, les plus forts seraient
bien vite à bout de leur courage et sombreraient
sous le poids du malheur général. C'est être
artiste soi-même, pensait la fille de Martial,
que de se débattre sans secours, par plaisir de
hardiesse dans son caractère ou dans sa situation. C'est être du monde que de ne réclamer
aucune aide des lutteurs occupés de leurs propres
luttes. C'est être humain que d'épargner l'hu-
manité de ses semblables. Protester sans gémir
contre les privilégiées de la nature, exciter en
soi le fortifiant désir des revanches intellec-
tuelles, montrer qu'on se plaît à combattre seule
jusqu'aux mauvais combats des vaincus, prouver
sa haine plus que son envie, être forte si la faiblesse exige la grâce, se faire bon garçon si le
sort vous refuse d'être jolie femme, voilà pour
une laide la conduite qu'elle doit tenir, se répétait Hélène. Pareille vertu ne manque point

de noblesse : elle emporte la sanction d'amis d'élite et, mieux que cela, la sienne propre.

Comme on lui remettait une lettre, elle ajouta en riant, après l'avoir parcourue : cela contente tout le monde et son père !

« Hélène, écrivait le sculpteur, ce mécontentement que j'avais de toi, je t'en demande pardon, mais je m'en suis hier expliqué les motifs. Je te souhaitais, ma fille, d'être superbe. Tu as des lignes d'ange rebelle. Romain applaudit à ton ambition de valoir plus que ton destin, moi je te crie : Hélène, l'œuvre entreprise par toi pour faire de toi une femme originale est habilement commencée. Si tu as besoin de ton père pour l'achever, il s'offre à toi. »

Artistes, artistes ! se redisait Hélène, plus émue qu'indignée ; ils préfèrent l'imprécation au mutisme. Comme les enfants cassent leurs joujoux par curiosité, ils veulent, eux, savoir ce qu'il y a dans leurs modèles humains ; tant pis pour ce qui se brise ! Avec Romain, avec Mar-

tial, avec nos amis, il faut parler, dût-on assour-
dir, avoir une physionomie, fût-elle grimaçante,
agir même quand les membres ont des contor-
sions, vivre, car l'inertie, l'insensibilité appa-
rente exaspèrent les artistes! Donc, je vivrai!
Pourvu que cela ne fasse pas mourir! »

Une si décevante pensée venait bien inopiné-
ment, il semblait, dans l'esprit d'Hélène, lorsque
ces deux lettres, cette approbation, cette gratitude immédiate du plaisir pris chez elle, cette
affectueuse spontanéité avec laquelle on lui envoyait la récompense de ses efforts l'invitaient
aux plus encourageantes réflexions. S'étonnant
de son injustice, elle s'efforça de l'oublier, et la
pensée mobile de cette capricieuse laide, née jolie femme, tourna soudain à un autre vent.

Elle avait cru jusque-là les hommes égoïstes,
et ils lui apparurent subitement généreux. Que
sur l'heure on lui tînt compte de n'être plus im-
portune, de ne plus obliger ses proches à des
devoirs sans compensation, elle en eut une véritable surprise. Cette espèce de donnant-don-

nant, aussitôt reçu, la toucha et plaida la cause
de ceux qu'elle avait trop longtemps accusés.
Tout milieu a sa bienveillance. Les hommes
réunis pour se délasser, pour se distraire, sont
presque toujours faciles dans leurs amabilités
qu'il ne faut pas déclarer trop banales. Dès
qu'Hélène quittait son rôle de pleureuse pour
se présenter au monde en invitée, on l'accueil-
lait à bras ouverts.

7.

IV

Guy, en s'éveillant chez son père, fut tout étonné de l'impression qu'il gardait de ses songes de la nuit. Hélène et la marquise s'y étaient coudoyées, fières, hautaines, mais sans se heurter. Il les avait tour à tour entretenues de chacune d'elles, leur proposant une alliance bizarre que ni l'une ni l'autre ne repoussait. Le jeune homme, intrigué, essaya de se rappeler les conditions de cette entente surprenante. Il se remémora en vain toutes ses réflexions de la veille aux curieuses paroles d'Hélène après l'histoire du portrait, et n'y retrouva nulle trace d'indulgence pour la marquise. L'esprit fatigué d'un

effort sans profit, Guy repoussa l'image d'Hélène,
le souvenir de sa fête, et jusqu'à l'idée qu'il
était à Paris couché dans la maison de son père.

Un rêve, cette fois éveillé, le transporta sur
la haute terrasse du jardin Guisti à Vérone, et
il s'y revit la veille de son départ. Le jeune
homme avait quitté l'Italie depuis si peu de
jours, il en avait la pensée si pleine, que son
évocation des lieux chéris lui parut singulièrement réelle. Il se crut de nouveau en présence
de sa bien-aimée, et repassa une à une toutes
les émotions de cette divine rencontre. La marquise accourait en retard d'une heure, se plaignant de la surveillance de ses amis, et de leurs
soins jaloux. Guy, qui jouait son grand jeu de
galanterie avec cette orgueilleuse, se garda bien
d'ajouter ses griefs à ceux de la jeune femme
contre son entourage. Il attendit un mot tendre
pour prendre le ton de ce tête-à-tête, se promena silencieux à côté de sa bien-aimée, et
feignit de contempler la ville. Le jeune homme
trouvait d'ailleurs d'un heureux augure la com-

paraison qu'il fit entre ce jour et celui où, pour
la première fois, la marquise lui était apparue.
Ne regardait-il pas ainsi Vérone à ses pieds, du
haut des Arènes? La fière Véronèse demanda
brusquement à son cavalier pourquoi il avait
l'impertinence d'oublier qu'elle fût là. Il le lui dit,
parla du cirque, de la loge des vestales, de sa
passion folle et subite. Elle répondit avec hardiesse, ses yeux dans les yeux de son adorateur:
« Vous voulez que je vous aime, je vous aime
follement, je ne peux plus ne pas vous aimer.
J'ai lutté, je me suis défendue, j'ai pensé à vous
fuir, à vous faire tuer en duel ; toutes mes ré-
sistances, mes larmes, car j'ai pleuré ! ont été
inutiles. Lorsque je réclame à grands cris de
ma sagesse ma vertu et ma force, une voix au-
dedans de moi-même répond par votre nom,
Guy, et vous appelle. C'est bien une conquête,
puisque je suis vaincue. Une sorte d'abaissement
se fait dans ma vie, je descends, je m'effondre,
l'abîme vertigineux m'attire. Si je n'éprouvais
pour vous que de l'amour, je le dirigerais, je

le conduirais comme j'ai fait de bien d'autres,
et, à la longue, je m'en débarrasserais. Hélas,
je ressens la passion qui est à la fois une faiblesse et un emportement, et je suis impuissante à les dompter. Me voici réduite et je dé-
pose en vos mains mon orgueil. Je devine sur
vos lèvres un mot banal, ajouta la marquise ;
vous allez me jurer d'être mon esclave. Que
m'importe ? Des esclaves, j'en ai trop, ils m'en-
nuient. Ce qu'il y a d'extraordinaire, c'est que
je subisse un esclavage, à mon tour. Sachez-le
cependant, Guy, je m'applique encore à sauve-
garder ma dignité dans la forme, si je ne puis
la sauver au fond. J'avais résolu de ne jamais
me remarier, préférant la disposition de moi-
même au gouvernement d'un amoureux enchaî-
né. Mais une femme de mon rang et de mon
caractère ne peut demeurer indépendante que
si elle est libre. Or, je ne le suis plus, vous
ayant déclaré que je vous accorde des droits sur
moi. Je me remarierai donc. Partez, pour un
mois, sans me revoir ! Je vous écrirai à Paris,

et vous aurez une lettre de moi, qui complétera
cette conversation, ces engagements, dès le lendemain de votre arrivée chez votre père. »

Hélas, cette lettre promise n'étant point venue
par le premier courrier d'Italie, Guy, toujours
rêvant, l'attendait encore à onze heures du matin, dans son lit, quai des Tournelles.

Tandis qu'il se redisait pour la vingtième fois
les aveux de la marquise, la lettre enfin lui fut
remise.

« Mon cher peintre ordinaire, mandait la belle
Véronèse, je ne sais trop si vous avez bien compris sous mes réticences le sens précis de mes paroles. Je serai plus claire maintenant. Il y a une
chose à laquelle vous n'avez, certes, pas songé,
c'est à me demander en mariage, moi, pour que
je vous épouse, vous ! Si vous étiez hanté par
cette hallucination fantastique, je vous renver-
rais à la Renaissance, et vous y apprendriez,
pour ne plus en perdre la leçon, que le mariage
tue l'amour. Adorer sa dame et en faire sa femme,

c'est nier toutes les lois de la vraie galanterie,
que je vous souhaite vis-à-vis de moi, ainsi
soit-il! Le sermon achevé, passons à la pénitence.
Je me remarierai à un homme de mon rang, de
ma situation, de ma caste, mon égal, sinon plus,
en noblesse, et j'ai fait au prince Croscio l'offre
de lui donner une main qu'il convoite mais à des
conditions qu'il refuse. Il est trop épris, en effet,
pour accepter ce que j'entends imposer à mon
second mari. Quoi donc? demandez-vous. Un cavalier-servant, beau peintre, dont j'établirai les
droits par contrat, selon les respectables et anciennes coutumes de notre vieille aristocratie italienne, et selon les us de notre propre famille,
dont j'ai consulté tous les papiers, et qui me
fournit le modèle que je veux suivre. Je n'ai
caché à personne le refus de Croscio, j'ai dit
ses motifs, et les termes de ma proposition, et
j'ai déclaré que quiconque se présenterait pour
m'épouser devait se soumettre aux restrictions
d'un mariage des siècles passés. L'acte est écrit
chez mon notaire, et copié conforme à l'acte de

mariage d'un Scaliger, mon aïeul. Tout Vérone
peut en prendre connaissance. Les petits bour-
geois et les gens parvenus se scandalisent, jasent
beaucoup, feignent de se voiler la face, mais j'ai
pour moi les femmes de la grande noblesse, et
même les hommes, qui, sur l'aveu de mon amour
pour vous, me savent gré, selon nos traditions,
de préférer l'honneur de mon nom aux théories
nouvelles de mésalliance. L'aristocratie de Vérone
et d'autour se persuade que nous nous sommes
entendus sur ces arrangements, et quand vous
reviendrez, vous serez choyé comme un artiste
bien pensant par ceux qui vous soupçonnaient
d'avoir de vulgaires préjugés démocratiques, et
vous montraient dédaigneuse figure. Je vous
avertirai du jour de mon mariage, qui se fera
vite, aussitôt qu'il sera décidé, car j'ai hâte de
vous revoir et de me faire idolâtrer.

» Bientôt à vous,

» Marquise JULIA.

» P. S. Parmi mes prétendants le premier en

cour est le duc Charles que vous devez vous rappeler. Je serai sa troisième femme. Sa mère, à
vingt ans, l'avait marié à peu près dans les conditions où je me marierai à trente.

» Écrivez donc ici et ordonnez qu'on meuble
pour vous le joli hôtel Léopardi, qui est à vendre
ou à louer, et où vous aurez un atelier en belle
lumière. Je vous veux chez vous. »

Guy ne sut pas nettement, à première lecture, s'il était ou désespéré, ou humilié, ou
allégé par cette singulière lettre. En analysant
ses différentes impressions, il découvrit qu'il
les avait toutes à la fois. Il courut chez son vieux
professeur d'histoire, et se fit expliquer ce que
c'était qu'un mariage italien des siècles passés,
et de quelles prérogatives, de quel droit précieux
pouvaient bien jouir les cavaliers-servants. Cette
instruction calma son amoureuse inquiétude.
Un contrat qu'on lui lut le rassura pleinement.

Enfin l'originalité de la liaison séduisit son
esprit mobile et son cœur un peu blasé. Il rêva.

non sans plaisir, à ces joies d'un amour libre à
côté d'un mariage respecté, aux tranquillités d'un
adultère contre-signé. Ce fruit défendu offert par
le mari à l'amant, au fond de la corbeille de
noces, lui parut de haut goût. Il allait, pour la
première fois de sa vie, avoir, comme cavalier-
servant, des avantages de mari, pouvoir être orgueilleux de la femme dont il serait le posses-
seur et non le dépositaire, se permettre d'être
publiquement jaloux et ne point encourir les
responsabilités de l'honneur conjugal. Tous les
droits, pas un devoir, l'excellente affaire, l'a-
gréable situation !

La seule chose que cette ingénieuse convention
lui épargnât, c'était justement ce qu'il détestait
le plus : c'était le ménage, la vulgarité du *tous les
jours* intérieur. Conduire librement celle qu'on
aime dans le monde, la ramener chez elle, retourner ensuite chez soi, avait été souvent l'un de ses
rêves. Ainsi il n'assisterait qu'à la toilette faite
de l'humeur, du caractère, de l'esprit, des atours
de sa belle, et cependant il la verrait quand il

le voudrait, sans mystère et sans difficulté. Tout
ce qui l'avait jusque-là découragé, ou lassé, ou
irrité, ou refroidi dans ses amours : les soupçons
du mari, ses violences, ou plus sa sottise, ou bien
pis ses complaisances, ou pis encore ses menaces
de chasser l'épouse infidèle et de lui en laisser
la charge, il n'aurait plus rien à subir de semblable. Les bénéfices du ménage à trois lui revenaient sans un risque, et les attraits de l'union
seraient pour lui seul. La merveilleuse invention
que ces mariages italiens du temps passé !

Le jeune homme, de deux à cinq heures, fit
quelques visites avec son père, et il se moqua
plus impitoyablement que jamais du discours de
celui-ci pour le retenir et le fixer à Paris. Las
des supplications du pauvre Romain, il lui
échappa et courut chez Hélène bien avant l'heure
du dîner.

Ayant achevé son dessin, elle s'était mise au
piano, en attendant Guy. Hélène avait l'habitude,
vivant beaucoup seule, de se chanter en récitatif
le sujet de sa réflexion, l'accompagnant alors

dans le mouvement de sa propre pensée, tantôt
avec lenteur, tantôt avec agitation, ou avec ironie
ou avec chagrin. Ces improvisations distrayaient
la solitaire durant de longues journées, et elle
aimait, disait-elle, à se raconter à elle-même son
histoire chantée pour qu'elle fût moins triste.

Vers cinq heures, elle chantait donc de sa
belle voix forte les conseils qu'elle se donnait,
rhythmant sans rimer des maximes à l'usage de
sa conduite future ; elle exprimait son bonheur
de ne plus être aussi isolée dans le monde, d'avoir
au moins un jour où les autres seraient un peu
à elle, d'être enfin quelqu'un. Hélène n'entendit
pas le bruit du timbre de l'hôtel, Guy s'étant
vu ouvrir doucement les portes par la nourrice.
Celle-ci devina le plaisir que le jeune homme
aurait à surprendre la chanteuse au piano, lui
qui s'était extasié la veille sur l'admirable voix
de son amie d'enfance.

Tout à coup Hélène entendit les applaudissements frénétiques de Guy, qui l'écoutait depuis
un instant. Bientôt il entra dans le salon, jetant

son chapeau en l'air, criant : Bravi ! et dansant
un pas joyeux.

— Avare ! dit-il, après avoir serré la main
d'Hélène, tu as le plus beau talent que je connaisse et tu le gardais pour toi seule. Voilà un
plaisir dont je veux ma grosse part, et dont j'u-
serai, je t'en préviens, durant mon séjour à
Paris. Vois-tu, camarade ? ajouta le peintre en
s'asseyant, autant j'adore l'harmonie parlée, ou
la parole harmonisée, comme tu voudras, autant
je déteste cette science de l'orchestration qui
exige le silence en retour de son tapage. Parle-
moi des façons italiennes de goûter la musique !
La plus grande œuvre du plus grand maître,
subie à l'allemande, par Hercule et par sa massue,
c'est trop lourd ! Le chant ne doit exprimer que
des sentiments très-simples, l'amour, le courage,
la joie. Il faut obliger les musiciens à être faciles.
Les Allemands, et les Français germanisés, se
scandalisent de l'inattention italienne, mais le
seul moyen d'écouter avec plaisir un opéra
cent fois ressassé, n'est-ce pas de le mêler à

toutes ses distractions, de chercher dans la musique prise à petites doses un accompagnement au repos ? La musique italienne est spirituelle, agréable, mélodieuse ; la musique allemande est solennelle plus qu'aisée, psychologique plus qu'émue, humanitaire plus qu'humaine, scientifique plus que savante, métaphysique plus qu'élevée. On la leur fait, de l'autre côté du Rhin, à leur image et à leur ressemblance. Basta ! continua Guy, mon discours m'assomme, il est mal venu, j'en augurais mieux. Chante encore, Hélène, je t'en prie.

Elle hésitait.

— Je le veux, dit-il avec sa grâce, et comme il l'eût ordonné non à un camarade mais à une femme aimée.

— Que chanterai-je ?

— Un chant d'amour.

— Je ne saurai pas le dire, moi !

— Je t'apprendrai.

— Quoi donc ?

— A chanter avec émotion des phrases tendres. J'ai tant joué de rôles en amour que j'en connais toutes les nuances et toutes les expressions.

— Je t'avais cru au moins sincère dans tes fantaisies.

— Oui et non. La sincérité a des limites si fragiles !

— Mais si tu te contentes de la comédie du sentiment, je te la donnerai aussi bien que si j'avais reçu tes leçons. J'imaginais...

— Ah ! tu imaginais qu'il faut aux hommes le vrai, vrai ! s'écria gaiement Guy, en interrompant Hélène. Que nous serions malheureux, nous autres roués, si nous exigions mieux que des semblants. L'apparence est déjà une rareté, et peu de femmes en permettent l'illusion. Chante donc l'amour, puisque ta voix est belle. Je fermerai les yeux et je me ferai accroire en t'écoutant ce que je voudrai. Sache que mon Italienne chante mal, par conséquent tu ne perdras rien à la comparaison, dans le cas où ton amour-propre craindrait de jouer les doublures.

— Puisque l'explication t'a paru nécessaire, c'est peut-être qu'elle l'était, répliqua Hélène en riant.

Et, sans fausse modestie, avec un art, une puissance, des ressources qui transportèrent Guy d'admiration, elle chanta toutes les parties du second acte de la *Norma*, imitant les voix des chanteurs, des chanteuses, transposant tous les tons, ajoutant des variations à tous les airs.

— Tu ferais la fortune d'un théâtre et tu aurais un succès fou, s'écria Guy.

— Oui, répondit-elle, vue de dos !

— Quel dommage ! dit-il. Ah ! si Martial, après t'avoir faite tout d'abord si belle, pouvait te repétrir en terre glaise, te recommencer ! Mais Hélène, avec tous tes talents, car tu écris comme personne des lettres inimitables, dont je n'ai jamais pu me passer, et qui sont une terrible épreuve pour les lettres de mes amoureuses ! avec ta voix, car tu chantes comme toi seule ! avec ton originalité qui mordait hier sur nos esprits blasés comme un acide sur des limes usées ;

avec cette sûreté que ton caractère inspire, mais tu serais une femme extraordinaire, et peut-être la femme, si tu étais demeurée rien qu'un peu jolie...

Hélène courba la tête, et ces quelques mots suffirent pour faire retomber de ses mains le rocher de Sisyphe qu'elle remontait si vaillamment depuis deux mois. A celles qui ont la qualité principale, les qualités secondes peuvent manquer.

« Et moi, pensait Hélène, eussé-je tous les talents, je n'aurai jamais la beauté ; on ira jusqu'à m'admirer comme un objet rare et curieux, je serai étudiée, recherchée, courtisée peut-être par quelque excentrique, je ne serai point aimée. »

— Qu'est-ce encore ? demanda le jeune homme. Ces caricatures sont-elles de toi, Hélène ? Je reconnais tous nos amis en face de leurs tableaux. Me voici et voilà ma Belle ! Tu ne l'as pas achevée, pourquoi ? Viens camarade. Reprends ton crayon. Mauvaise, accuse ces lignes. Parfait ! Creuse ce trait. Bon dieu que c'est drôle ! Mon

8

idéal ressemble à sa mère ! on me l'avait dit, je refusais de l'admettre. Hélas ! hélas !

— Implacables contradictions des variétés et des similitudes, mon cher Guy. Là, une marquise adorable ressemble à une mère faite pour la caricature ; ici une mère incomparable a laissé une fille affreuse. La nature est donc aussi contrariante que les hommes sont malfaisants?

— Tu es sceptique, Hélène.

— Pour cause.

— Tu en as le droit. L'ironie t'inspire mieux d'ailleurs que la résignation. La nature et les hommes sont tes ennemis et tu as raison de les maltraiter. Je te comprends depuis hier, tu me parais d'accord, d'ensemble, comme disent les peintres. Tu es bizarre, étrange, mais tout en toi est intelligent et pas comme tout le monde.

Les deux jeunes gens firent à dîner assaut d'esprit et d'entrain. Ils ne tarirent pas en souvenirs de leur enfance. Les jeux, les disputes, les raccommodements leur revenaient en mémoire.

— Qu'on est bien auprès de toi, camarade !
dit l'enragé voyageur. Il y a donc, pour se distraire, autre chose que l'amour ? Mais, au fait,
tu es pour moi comme une vieille maîtresse. Ne
proteste pas ! Je t'ai adorée jusqu'à neuf ans. Tu
es mon premier amour et mon premier désespoir.
Toi aussi, tu m'as aimé. Ne le nie pas, tu vou-
lais être ma femme. Comme nous étions beaux,
Hélène ! rappelle-toi. Nous faisions, au Luxembourg, l'admiration des nourrices, des militaires,
des bonnes d'enfant, des étudiantes.

— Et des mères, ajouta gravement Hélène,
le cœur prêt à éclater. La mienne était folle
d'orgueil, et elle a été folle de douleur lorsque
cette horrible fièvre m'a si fort enlaidie. Crois-
tu aussi, Guy, comme mon père, qu'elle soit
morte de ce chagrin ?

Le jeune homme tressaillit.

— Tais-toi ! répliqua-t-il avec brusquerie, tu
me rappelles un souvenir qui me trouble singulièrement.

— Lequel ?

— Je l'avais oublié ! mais cela m'étouffe comme un remords ! Quittons la table, Hélène. Le destin dicte parfois, avec une précision cruelle, les paroles des hommes.

Il prit, tout bouleversé, le bras de son amie, traversa les salons sans dire un mot. Mille pensées, mille résolutions, mille projets formés et repoussés, l'assaillirent en quelques minutes.

— Pourquoi pas? s'écria-t-il. Pourquoi ne réaliserais-je point mon rêve de cette nuit? J'en ai enfin l'explication.

— Parle clairement, Guy, tu me tortures, dit Hélène; tu sais sur la mort de ma mère quelque chose de terrible, je le sens. Ne me le cache pas, je te le demande à genoux. Au nom de celle qui partageait sa tendresse entre nous deux, livre-moi ce secret dont tu pâlis, que tu me dois, à moi, ta sœur.

— Oui, je le dirai, oui, répéta Guy en prenant la main d'Hélène. Elle est morte de son idolâtrie pour toi, et c'est ton devoir de vivre uniquement pour son souvenir. Ne te plains jamais

de n'avoir pas été adorée ! Ma chère mère adop-
tive, à l'heure suprême, me fit appeler et demeura seule avec moi. Voici, Hélène, mot pour
mot, ses dernières paroles : « J'avais rêvé que
ma fille serait ta femme, Guy, me dit-elle, et
que tu serais mon fils. Maintenant c'est impossible, et j'en meurs ! »

Un tremblement nerveux agita Hélène, à ces
paroles ; les mouvements de son cœur l'étourdi-
rent. Ses yeux démesurément ouverts crurent
apercevoir un vide immense dont elle eut peur,
et qui la fit se jeter en arrière.

Guy, inquiet et malheureux de la souffrance
qu'il causait à son amie, l'entraîna chancelante
vers un fauteuil, la gronda doucement, et finit
par la rappeler à elle-même.

— Pardon, murmura le jeune homme, tu
sauras vite, si tu le veux, pourquoi je t'ai fait
ce mal. Causons de nous.

Elle était assise auprès d'une table et s'y ac-
couda. Guy se plaça en face d'elle. Tous deux
se regardèrent. Hélène interrogeait, il répondit :

8.

— Écoute-moi, en femme qui devine, qui complète à mesure, ce qu'un projet conçu hâtivement peut avoir d'imparfait, dit-il. Ne va pas me jeter à la tête une exclamation irréfléchie. Garde-toi d'être blessante alors même qu'une phrase de mon discours provoquerait en toi de justes susceptibilités. Attends la suite, la fin, la conclusion de ce que j'ai à te proposer : enfin ne prononce rien de définitif avant d'avoir calculé tous les risques de ta réponse, sinon tu deviens responsable de tes refus et peut-être de la rupture de notre amitié.

Hélène troublée par cet avertissement, demeura silencieuse.

— Je commence, ajouta le jeune homme. Tu n'ignores rien de mes aventures passées, puisque je te les ai toutes ou écrites ou contées. Je n'ai eu qu'à me réjouir de ma confiance dans ta discrète et solide affection. Depuis hier je m'explique combien ta tolérance pour un coureur d'aventures était logique. Cependant je préfère la haine, où tu puises tes encourage-

ments, au dédain où je croyais que tu puisais
ton indulgence. Tu es donc bien irrévocablement
l'ennemie des femmes et tu leur souhaites mon
amour le plus inconstant. Je ne remplirais pas ton
vœu et la mission que tu me donnes si je me
mariais, n'est-ce pas ?

— Marié, s'écria Hélène avec véhémence, tu
ne serais plus mon vengeur !

— Il ne faut, en tous cas, reprit-il, jamais
épouser la femme qu'on aime. Je suis de l'avis
d'Héloïse que le mariage est le tombeau de l'a-
mour, et j'ai toujours cru que les plaisirs de la
passion deviennent plus sensibles lorsqu'on ne
les mêle pas aux vulgarités de l'existence. Comme
je suis, par nature, infidèle, je ne puis me marier
et consentir à ce qu'une femme, après une rupture, se targue d'avoir encore des droits sur
moi. Épouser sa maîtresse, c'est jeter un défi à
l'amour ; faire sa femme de l'amante qu'on désire, c'est fermer la porte au nez de la passion.
Un galant ne doit se marier que pour se mettre
à l'abri du mariage. Gribouille n'était point un

idiot et le risque est moins grand pour la santé
de piquer une tête que d'être peu à peu trempé
par la pluie. On se jette à l'eau à son heure, tandis que l'averse vous arrive au moment où on
est le moins préparé à la recevoir. Le mariage est
donc bon en soi, même pour un libertin. Tel
que je l'envisage, c'est une garantie, une assu-
rance, une association, sans profits d'abord, mais
conclue en prévision des échéances de la vieillesse, une alliance en vue d'un repos à venir,
sans griefs, sans reproches, sans jalousie rétrospective, puisque l'amour n'y a jamais été mêlé.
Je rêve, Hélène, lorsque j'aurai quitté les femmes ou lorsqu'elles m'auront quitté, lorsque
toutes mes belles amoureuses, après un éloignement général, auront atteint dans mon souvenir le même point de perspective, je rêve de
trouver une femme, la mienne, pour laquelle
tous mes torts envers son sexe ne seront pas des
torts envers elle. Je ne subirai point ainsi les
regrets d'une épouse qui, eût-elle la certitude
d'être mon dernier amour, n'en essaierait pas

moins de me donner les remords des premiers.
Je pourrai, au contraire, narrer mes aventures
comme les vieux militaires narrent leurs cam-
pagnes, car la passion a des péripéties, des sur-
prises, bien plus diverses que la gloire. Je reviendrai chez moi, chez une amie, chez une pa-
rente, chez une compagne, chercher l'apaisement,
le calme qu'on trouve à deux dans l'âge mûr
par une commune entente de la vie. Tu comprends, Hélène, que je ne puis choisir, pour
combler les intermèdes de mes galanteries et
pour en couronner l'édifice, qu'une femme sans
ambition possible de l'amour, qui applaudira à
mes bonnes fortunes, comme tu le fais, qui ne
s'apitoiera point sur le nombre des délaissées,
mais qui encouragera mes nouvelles inconstances. Enfin, je n'épouserai que toi, Hélène, et je
te demande en mariage !

Elle essaya, par un effort suprême, de ne paraître ni abasourdie ni bouleversée. Certaines
paroles de Guy avaient soulevé en elle d'insur-
montables répulsions, d'autres avaient fait bondir

son cœur de joie. La proposition du fils de Romain était le témoignage d'une foi touchante et
flatteuse dans l'amitié désintéressée de la fille
de Martial, un retour à la tendresse de leur enfance. C'était la consécration d'une fraternité qui
avait paru à Hélène, jusque-là, plus enviable que
l'amour passager de Guy pour ses favorites. Son
ami lui offrait ce qu'il n'avait encore offert à
personne, l'engagement d'une affection fidèle,
et il suffisait pour qu'Hélène acceptât, qu'elle fît
bon marché, non de qualités qu'elle n'avait pas,
mais de ses défauts comme femme.

— Imagine que tu épouses un pigeon fanatique de voyages, avide de tempêtes, continua
le jeune homme. Chaque fois que je serai hous-
pillé par l'orage, je reviendrai au nid, mon
frère. Pardonne, chère Hélène, si je t'entretiens
exclusivement de moi, la faute en est à toi seule
qui n'as cessé de m'accabler des preuves de ta
générosité. Cependant tu me permettras de te
parler de mon père et de toi. Pauvre père, il a
un tel appétit de paternité que, comme Saturne,

il dévorerait des cailloux, croyant dévorer ses enfants.

— Le caillou que tu désires lui offrir à ta place, c'est donc moi ? repartit Hélène, empressée de placer un mot qui pût faire croire à sa liberté d'esprit.

— Goguenarde ! comme il t'aimera, ce grand Romain, lorsque tu seras sa fille, la femme de son fils ! Son rêve le plus caressé a toujours été que je te prisse pour épouse, mais il n'ose s'en ouvrir à toi, ignorant jusqu'à quel point notre intimité m'autorise à te confesser mon égoïsme. Voilà pour moi et pour mon père. Et toi, dès que tu seras madame, et plus une fille de vingt-cinq ans, ni jeune, ni vieille, mille tracas te seront épargnés. Tu parviendras sans obstacle aux grandes routes que ton amour de l'indépendance t'eût fait gagner par la traverse. Tu pourras être une originale, mais plus une extravagante. Jusqu'à cette superbe attitude d'ennemie des femmes, qui te va si bien, qui ira mieux à madame Guy Romain, défendue, protégée, garée par son chevaleresque beau-père, qu'à mademoiselle Hélène, fille de l'indifférent Martial.

Et, comme elle se taisait encore.

— Puis, reprit-il, ému, j'accomplis le vœu de notre adorée morte. En te faisant la fille de mon père, je deviens le fils de celle qui m'a élevé, de notre mère à tous deux. Hélène, veux-tu porter mon nom ? Veux-tu, ma sœur, remplir auprès de mon vieux père des devoirs que je suis coupable de négliger ?

Les impressions d'Hélène se heurtaient avec une telle violence, et elle comprenait si bien qu'elle ne devait point révéler à Guy la centième partie de son trouble, qu'elle lui fit signe de la main en souriant, et qu'elle feignit de se recueillir pour avoir le temps de se calmer. Après avoir pansé d'une main rude les déchirures de sa vanité de femme, elle répondit :

— Ta demande, camarade, honore ton amitié et la mienne. Je l'accepte, Guy, pour moi, pour la chère mémoire que tu as évoquée, pour ton père, pour toi, mais...

— Fais-tu donc une réserve ?

— Oui, dit-elle en riant.

— Laquelle ?

— Si je redevenais belle et que je voulusse aimer, le permettrais-tu, monsieur le coureur d'aventures ?

Il allait répondre : oui, sur un ton plaisant, comme était faite la question d'Hélène, mais il se ravisa.

— Si tu redevenais belle, tu me rappellerais tout d'abord, pour que je voie si c'est arrivé, répliqua le jeune homme, et alors... Jusque-là, il est parfaitement superflu de m'interroger à cet égard.

— Ce mystérieux alors est-il une promesse de tolérance ?

— On ne peut raisonner sur un miracle, Hélène. Brisons là. Épouses-tu ?

— J'épouse.

— Allons te demander en mariage à ton père, et me demander au mien, s'écria gaiement le jeune homme. Qu'un char léger nous transporte chez les vieillards dont il nous plaît de faire le bonheur, de réjouir l'âge, dussent-ils nous ennuyer du fatras de leurs discours hyménéens.

— Ton père va s'évanouir de joie, répondit Hélène, qui sonna d'une main fiévreuse, mais donna l'ordre d'atteler d'une voix tranquille. Je monte pour changer de toilette, Guy, et je reviens dans un quart d'heure.

Aussitôt qu'Hélène l'eut quitté, le jeune homme s'assit auprès d'un élégant bureau, et il écrivit en hâte à la marquise ce billet qu'il envoya immédiatement à la poste par l'un des valets de l'antichambre d'Hélène.

Le billet disait ceci à la divine Julia :

« Je m'étais si peu mépris sur vos projets, ô ma dame, qu'à mon arrivée ici mon premier soin a été de demander en mariage la fille du célèbre sculpteur Martial, dont je vous ai plus d'une fois entretenue, mon amie d'enfance, ma sœur, la confidente de mon amour pour vous, aussi merveilleusement laide que vous êtes merveil-

leusement belle. Je ne comprends comme vous
le mariage, ô ma bien-aimée, qu'avec une femme
de ma situation, de mon rang, de ma caste.
Nous autres, fils d'artistes, nous croyons que
l'aristocratie du génie ne doit pas se mésallier !
J'ai donc choisi une égale pour femme, mais
je l'ai voulue assez laide pour qu'elle ne pût
jamais m'inspirer d'amour ! Donc vous et moi,
chère marquise, veuve et célibataire, nous nous
unissons par les liens du mariage... avec d'autres !

» Je vous aime à la fois d'un amour fier,
comme votre cavalier aura le droit de vous aimer, et d'un amour humble, comme votre servant en aura le devoir.

» Un mot, madame, dès qu'il me sera permis
de franchir les Alpes pour me prosterner à vos
pieds.

» GUY ROMAIN.

» P. S. Mes respects au vieux duc, que je préfère au prince Croscio. Je loue, par dépêche,
l'hôtel Leopardi, mais j'enverrai des meubles
de Paris. »

Hélène et Guy quittèrent l'hôtel dans une voiture découverte, au galop de deux chevaux ma-
gnifiques, dont le jeune homme, en connaisseur,
vanta la belle allure et la robe d'un gris argenté.
Ils se dirigèrent vers la place de l'Arc-de-Triom-
phe, et Guy, quoiqu'il fût Parisien, admira du
haut des Champs-Élysées ces milliers d'étoiles,
les unes fixes dans leurs lignes ou dans leurs
guirlandes, les autres mobiles comme des nuées
de lucioles. Cette lumière diamantée, qui ruis-
selle au milieu des feuilles des arbres, apporte
si bien à l'esprit l'idée d'une fête perpétuelle
que les plus vieux habitués ne peuvent la retrouver chaque soir sans un plaisir joyeux toujours
nouveau.

Il faisait doux et frais. Les jeunes gens traver-
sèrent les beaux ponts éclairés par ce gaz ardent,
qui se jette à la Seine aussitôt allumé, qui nage,
se mire dans l'eau et ajoute à son éclat brûlant de beaux reflets mouillés.

La voiture courut sous le feuillage luisant des
platanes. Elle s'arrêta en face de l'hôtel de

Romain. Hélène et Guy mirent pied à terre, et pénétrèrent sans bruit jusque sous le portique de la maison grecque afin de surprendre les deux pères, qui depuis vingt ans passaient leurs soirées dans l'atelier de Martial.

Ils entrèrent avec fracas, mais Hélène, séparée de son père depuis plus de deux mois, ne connaissait point la fameuse statue, cause de son départ. Elle la vit dressée en face d'elle et demeura frappée d'admiration.

L'Hélène Dioscure était belle, d'une beauté divine. Elle ressemblait maintenant au portrait de Romain, à la femme adorée de Martial. La fille de Léda inclinait son cou blanc, délicat, qui de celui du cygne rappelait la grâce molle. La surprise, l'humiliation, l'enivrement étaient exprimés à la fois sur le beau visage de la sœur des nobles gémeaux. Martial prenait Hélène dans l'île de Cranaé au moment où elle découvre la supercherie de Vénus, et voit en Ménélas, qu'innocente elle a suivi sous les traits d'un mari, le berger Pâris, son amant. Le destin, maître des actions d'Hélène, l'a conduite en cette île. Irresponsable et amoureuse, la fille de Jupiter remet aux dieux qui l'ont trompée le soin de l'absoudre ou de la venger. Le fatalisme et l'amour, mêlés avec art dans la physionomie d'Hélène, rendent à la manière antique les sentiments intérieurs d'une Dioscure.

Martial et Romain, au moment de l'arrivée de leurs enfants, discutaient pour la millième fois des supériorités ou des infériorités de la sculpture et de la peinture. Ils étaient si pleins de leurs arguments que Romain, voyant son fils entrer, s'écria :

— Pâris !

— Enlèvement d'Hélène ! répondit le jeune homme, qui se tourna vers son amie restée dans l'ombre.

Martial se leva, courut à sa fille, la prit avec fierté par la main, puis la conduisant aux pieds de la statue dont il s'enorgueillissait à bon droit :

— Regarde, dit-il.

— Ma mère, balbutia-t-elle.

Et, trouvant une issue imprévue à ses émotions, Hélène éclata en sanglots. Martial, Romain, Guy lui surent gré d'avoir cette passion de la beauté dans l'art, elle si implacable pour la beauté vivante. Comme ils l'en félicitaient :

— J'aime le beau en marbre, je l'ai déjà dit à Romain, répliqua-t-elle. Je l'aimais dans l'humaine image de ce modèle ; vous savez tous que ce que j'abhorre dans une jolie femme je l'adorais en ma mère !

Un silence attristé suivit la réponse d'Hélène. Guy, pour le rompre, s'écria :

— Je vous la donne en cent, l'énigme que nous venons vous proposer, nobles auteurs de nos jours, hommes conscrits, grand Martial, grand Romain, Français nés malins, Parisiens roublards, raffinés pleins d'expérience. Comment, vous n'avez pas encore deviné ?

— Pardon, répliqua Romain, je devine que tu te moques de nous.

— Eh bien, c'est justement le contraire.

Voyons, qu'est-ce qu'Hélène et moi nous venons vous demander à tous deux?

Martial répliqua :

— O jeunes gens, pourvu que ce soit insensé, impossible, hâtez-vous de l'exiger de vos pères esclaves ! Vous faut-il le soleil ou la lune? Je lève un pied pour l'escalade, et je prie les dieux, que j'ai faits statues, de m'aider à décrocher les grandes étoiles. Nous verrons dans cette expédition si les saintes de Romain ont de l'influence au ciel, car je pense qu'il évoquera sa peinture comme j'évoquerai mon marbre.

— Puisque Martial prétend que mes vierges sont des endiablées, voulez-vous, mes enfants, que je descende aux enfers, tandis que le sculpteur des déesses grimpera dans l'Olympe? Suis-je tenu de rapporter Cerbère à Hélène? Faut-il que je ramène Eurydice à Guy? Votre caprice exige-t-il que j'offre un chien de belle race à une vieille fille, ou que je remonte pour un gredin une femme qu'il fera bien vite retomber?

Le jeune homme, tirant par la main son amie,

et l'obligeant à faire avec lui la révérence, dit solennellement :

— O mes pères, elle et moi nous vous demandons, par pitié pour deux existences pleines d'entraves, de nous délier pour les liens d'un mariage.

— Quel mariage ? s'écria Romain.

— Le mariage de Guy et le mien, répondit Hélène gravement.

— Avec qui ?

— Entre nous, l'un avec l'autre, l'autre avec l'un, mon père! Moi, Hélène, Hélène et moi, dit le jeune homme.

Martial et Romain bondirent vers leurs enfants et il se trouva qu'eux aussi ils avaient la main dans la main. Face à face, deux par deux, la situation n'ayant d'ailleurs rien de trop sérieux, Hélène elle-même apaisée par ses larmes, ils virent en artistes le drôlatique de leur aspect et ils éclatèrent de rire.

— Attention pour le quadrille, messieurs, cria Guy aux deux vieillards, surtout ne traversez pas!

9.

— Mais est-ce possible? avec vos caractères, avec vos goûts, tels que nous vous avons faits ? répétait Martial. C'est une idée de génie, si ce n'est pas une mystification. Je donne mon consentement les yeux ouverts.

— Toi, Hélène, demanda Romain, tu l'acceptes, avec les conditions qu'il a dû t'imposer, le criminel? Tu admets...

— Tout. Je n'ai qu'à y gagner, puisqu'il ajoute ses bonnes fortunes à mes richesses, et qu'il augmente mes joies par la meilleure de toutes : celle d'être votre vraie fille !

— Mais moi, vois-tu, Hélène? moi, je t'aime autrement qu'ils ne t'aiment, eux ; je t'aime pour toi, telle que tu es, non pour moi, comme ces égoïstes ; je te comprends, je sais, va, pourquoi je t'adore, parce que tu vaux mieux et plus que nous tous, ajouta Romain avec emportement.

Il saisit Hélène dans ses bras, la couvrit de baisers et la serra sur son cœur à l'étouffer.

Elle eut grand'peine à ne pas sangloter de nouveau. Attirée ainsi par un père autre que le sien, dans cet atelier d'où elle avait été chassée par Martial, elle eut sa minute de revanche.

— A quand la noce ? demanda le sculpteur. Vous voyez qu'il ne faut pas trop faire languir la paternité de Romain, ajouta-t-il vaguement jaloux, et se sentant un peu repoussé à son tour par l'alliance d'Hélène et de son vieil ami.

— Je charge mon père, répliqua Guy enchanté, de toutes les mesures à prendre pour que la noce se fasse le plus tôt possible, et pour que les cérémonies soient courtes et discrètes.

— En cela, je t'approuve, mon enfant, dit Martial, et ma première raison, c'est que la plus sotte figure dans un mariage est celle du père de la jeune fille.

— Toi, d'abord toi, toujours toi, reprit Romain. Et quand nous aurions une belle fête comme hier, serait-ce bien gênant ?

— J'entendais les défilés officiels. Ne me gronde pas, j'irai où tu voudras, quand tu l'ordonneras, bourru !

— Vous presserez les choses, mon père, dit

le jeune homme qui entraîna Romain à l'écart.
J'ai très-peu de temps, un mois au plus.

— Comment Guy ? murmura Romain avec reproche, tu la quitteras si tôt ?

— Le jour même de nos épousailles. Vous avez
cru, mon père... ? Ah ! par exemple, merci bien !
Pour le mariage, bon ; pour le badinage, non !

— Tout ce mépris des féminités de notre
pauvre Hélène me révolte, et il y a en toi un
manque de tendresse dont tu seras puni un
jour ou l'autre, dit le père à son fils.

— Elle féminine, elle ! répéta Guy en haussant les épaules. Je l'ai choisie entre tous pour
ami, parce qu'elle a l'esprit mâle, l'imagination
uniquement fraternelle, le cœur simplement filial. C'est vous qui allez bénéficier de mon mariage, c'est pour vous que je le conclus, et vous
m'en reprochez les restrictions ! Lequel est injuste de nous deux ? Du féminin dans Hélène,
il n'y en a jamais eu le moindre atome.

— Puisses-tu avoir raison !

— Quel est votre but, mon père, en ce mo-

ment? Voulez-vous me détourner de ce mariage,
détruire tout mon échafaudage avec vos craintes
sentimentales?

    — Au fait, qu'est-ce que je rabâche? Qu'est-
ce que je discute? repartit Romain. Je suis un
sot de ne pas me répandre en bénédictions? Quand
il sera le mari d'Hélène, pensa le père, au moins
il n'épousera pas ses marquises !

V

Les démarches à faire pour le mariage des jeunes gens furent conduites par Romain avec une grande lenteur, car la perspective d'avoir une belle-fille ne le consolait pas du chagrin de perdre encore une fois son fils, et il essayait de reculer, autant que cela était possible, le moment du départ de l'enfant prodigue. La marquise, d'autre part, ne pressait pas Guy de revenir à Vérone, son mariage à elle subissant aussi des retards. Le jeune homme, certain de l'avenir de sa passion, se laissait aller au plaisir de vivre au milieu de ses amis, entre Hélène et son père.

Les réceptions du samedi soir, de plus en plus

recherchées et de plus en plus suivies par le
monde artistique, étaient une grande source de
plaisir pour Guy, pour Hélène, pour Martial et
pour Romain. Les conversations de chacune des
soirées, redites, commentées durant une partie
de la semaine, ranimaient l'intérêt de leurs cau-
series, alimentaient les distractions de leur intimité. Guy ne s'ennuyait plus à Paris. Il arri-
vait chez Hélène à quatre heures, et s'installait
dans ce bel hôtel, toujours plein de fleurs et de
lumières, où, chaque jour, chaque soir, quelque
surprise gracieuse l'attendait soit à table, soit
au salon blanc, soit dans l'appartement qui lui
était destiné. La constante belle humeur d'Hélène, toujours voulue, ne subissait aucune at-
teinte. La solidité de ses jugements, sa spontanéité cultivée, son affection désintéressée, la
vie qu'elle savait répandre sur chaque chose, sa
préoccupation d'éviter à ceux qu'elle aimait toute
irritation inutile, toute fatigue vulgaire, faisaient
qu'on goûtait auprès d'elle un repos éveillé,
quelque chose comme une existence purement

intellectuelle, à la fois paisible et animée. Le
mouvement de son intelligence, quoique très-
passionné, communiquait plutôt l'impulsion
que l'agitation. L'amour lui étant interdit, elle
dépensait dans l'amitié toutes les coquetteries
qu'on dépense dans la passion, et elle se con-
sacrait au dévouement avec une ferveur exclusive. Hélène savait, par des soins qui tenaient
de la divination, se rappeler même absente, à
Guy jusque chez Romain, et, par les prévenan-
ces qu'il trouvait auprès d'elle, le jeune homme
était sans cesse attiré et rappelé. Guy se félicitait
chaque jour de s'être assuré pour l'avenir une
affection qui, sauf l'ardeur, sauf le désir, sauf l'enivrement fugitif de la possession, avait toutes les
douceurs de ce qu'Hélène appelait l'amour amical.

« Puisqu'on aime d'amour filial son père, d'a-
mour fraternel son frère, d'amour patriotique
son pays, pourquoi n'aimerait-on pas d'amour
ses amis ? » disait la fille de Martial.

Les heures s'écoulaient remplies, et allégées
de toute banalité.

Chaque soir Hélène faisait prendre en voiture à leur hôtel son père et celui de Guy. Tous quatre dînaient gaiement. A dix heures, sauf le samedi, on reconduisait Martial et Romain, mais Guy demeurait pour entendre son amie, ou chanter tandis qu'il faisait le kief dans le salon turc, ou lire tandis qu'il dessinait dans le salon blanc.

Il préférait les heures où il était seul avec Hélène, parce que ses jouissances d'esprit étaient alors plus calmes, l'inattendu ne venant jamais traverser des épanchements qu'ils avaient eus cent fois dans leurs lettres depuis bien des années. Se connaître, savoir ce que parler veut dire dans la bouche d'une compagne ou d'un camarade, comprendre la même langue aux mêmes expressions, ce sont des joies précieuses que de plus vives ne font pas toujours oublier.

Hélène eut la juste intuition de ce que son ami réclamait d'elle et elle garda ses paradoxes et ses étrangetés pour les réceptions du samedi. Pourvu qu'il la retrouvât toujours l'ennemie des femmes, Guy ne lui demandait aucune autre originalité. Lui qui avait subi tous les caprices féminins, les exigences, les troubles, les jalousies, les inquiétudes, les colères, les remords et leur cortége, il ne se lassait pas d'admirer les ressources égales, récréatrices, pleines d'agréments sans surcharges du caractère d'Hélène. Il s'attachait de plus en plus à ce noble cœur qui se donnait tout entier, en échange de si peu de chose.

La grande fortune permet le grand, le vrai luxe, sans apparence de recherche; et, les folies les plus coûteuses, lorsqu'il n'est pas nécessaire de compter avec elles, perdent leurs façons extravagantes, sans que pour cela le plaisir qu'elles procurent en soit diminué.

Hélène avait un tel désir d'égayer son cher Guy que les jours de la semaine, bientôt, ne lui parurent point assez occupés par une seule réception. Elle imagina d'inviter en ami, quitte à lui envoyer le lendemain quelque souvenir de grand prix, soit un chanteur, soit un comédien en renom. Elle fit entrer les siens dans une familiarité toujours curieuse avec des hommes qu'on ne voit d'ordinaire que comme le gros public, et qu'on n'apprécie que par les différences qu'on porte en soi aux représentations théâtrales. Martial, Romain et Guy, avec Hélène, connurent les acteurs célèbres dans leur figure individuelle, et ils prirent à cette découverte un goût passionné. Lorsqu'un artiste, en face d'artistes, sans autre préoccupation que celle qu'il a vis-à-vis de lui-même, se peint, se montre dans son propre personnâge, non dans un rôle, et qu'il ajoute à ce qu'il dit ou à ce qu'il chante la raison majeure qui lui a fait choisir entre des interprétations diverses tel caractère dans telle œuvre, lorsqu'il commente ou défend la cause de son jugement, qu'il livre son opinion sur ses camarades, sur leurs talents, sur la tradition de ses prédécesseurs, il semble, en l'écoutant, que l'homme se grandit, sous les yeux de ses hôtes, de toute la grandeur de son art.

Les samedis, où se mêlaient alors des écrivains, des compositeurs et leurs interprètes aux peintres, aux sculpteurs, aux graveurs, aux journalistes, devinrent des fêtes littéraires, pour les-

quelles on fit provision de nouvelles, d'anecdo-
tes et d'esprit ; sachant qu'on était dispensé de
toute galanterie banale, on eut à cœur de montrer la gaie science du savoir-dire.

Dès la seconde soirée, Guy avait annoncé son
mariage, et il n'eut aucune explication à donner
à ses amis pour leur faire comprendre cette
résolution. Tous se rappelaient le récit des
amours du jeune homme, les imprécations d'Hélène au dîner le jour de l'inauguration de l'hôtel,
et plus d'un convive s'était dit avant Hélène et
avant Guy, que cet homme si beau et cette femme
si laide, chacun avec sa manière de conduire sa
vie, pouvaient se lier plus étroitement sans
s'unir davantage.

Les invités d'Hélène, les amis de Martial et de Romain présumèrent que ce singulier mariage crée-
rait un milieu définitif en donnant à la jeune femme
une plus grande autorité de maîtresse de maison.

Guy, aux samedis qui suivirent, parla de son
départ prochain pour Vérone, sans que nul des
habitués du salon feignît l'étonnement, mais tous

ceux qui l'aimaient lui souhaitèrent prompt succès, amour sans durée et prochain retour.

Le cavalier-servant de la marquise, peut-être
pour s'en convaincre lui-même, affirma que son
nouvel amour avait sur tous les autres une supériorité de passion qui lui inspirait pour la première fois le désir de la constance.

Il s'attira les moqueries de tous.

— A l'amour fait de tendresse, de fidélité,
à l'amour qu'augmente la longue possession, à
l'amour complet, s'écria un jeune peintre, il faut
un cœur entier, mon cher Guy, et cherche après !

— Ce sensuel qui parle de fixité, lorsqu'il
n'a droit qu'au plus fuyant, au plus fugitif variable, ajouta Romain, quelle dérision !

— Forme agréable aux yeux, degré de cuis-
son déterminé, saveur, fumet exquis, excitation
toujours la même d'un continuel appétit, voilà,
messieurs, dit Hélène, les vertus immuables que
Guy, l'éphémère, exige du pâté d'anguilles !

VI

Le mariage de Guy et d'Hélène se fit avec simplicité, l'après-midi d'un samedi. On rentra pour dîner et l'on passa la soirée comme si rien de nouveau n'était survenu dans la maison. Romain, deux ou trois fois, prit la main d'Hélène et l'appela ma fille! Madame, vint aussi naturellement, plus peut-être, aux lèvres des amis de la jeune femme, que mademoiselle. Martial seul prononçait ce madame avec un bonheur étonné.

Ce fut Guy le premier, ce soir-là, qui sortit de chez Hélène. Il embrassa ses amis les plus chers, et leur dit adieu, sans qu'aucun, par un

mot, par un signe, essàyât de le retenir. Il obtint
du plus jeune d'entre eux la promesse que chaque
semaine il lui écrirait le récit des samedis de sa
femme, demandant à goûter, jusque dans Vérone,
dit-il, la crême de l'esprit parisien.

« Démodé, poncif, exportation, bon pour
l'étranger ! » lui crièrent ceux qui l'entendirent
faire sa dernière phrase.

Il serra Hélène dans ses bras avec une émotion tendre, l'appelant comme toujours son cher
camarade, son meilleur ami. La jeune femme le
remercia gravement de l'honneur qu'il lui avait
fait en lui donnant le nom de Romain, et ils se
séparèrent.

Romain accompagna son fils à la gare :

— Mon enfant, lui dit-il, tu te joues de trop
de sentiments et de trop de conventions respec-
tées, tu es trop fou pour qu'il ne t'arrive pas
malheur. Plus ton vain orgueil croit s'élever par
la fantaisie et le caprice au-dessus des autres
hommes, plus tu t'allèges des devoirs privés et
publics, et plus tu deviens un être sans consis-

tance, une malheureuse plume au vent ! Prends
garde aux tourbillons de tes hauteurs, ils em-
portent, ils...

— Commandeur, vous n'êtes pas mort, je ne
vous ai pas fait injure en vous offrant à souper,
répliqua le jeune écervelé. Je donne aux pauvres
sans condition, je n'épouserai qu'une femme,
j'ai l'horreur des paysannes, et je n'ai point de
dettes ! Enfin, je suis si peu don Juan — ceci
entre nous, mon père ! — que neuf fois sur
vingt, c'est moi que les belles abandonnent parce
que je suis trop amoureux !

— Bon voyage ! cria Romain à son fils que le
train emportait.

Celui-ci crut entendre : Va-t'en au diable !

— Je l'espère bien, pensa l'amoureux, en tirant de sa poche, pour le relire, le dernier billet
de la marquise.

« Votre amour me brûle, écrivait-elle, et je
ne sais si ce sont les feux de l'enfer ou les rayons
du ciel qui m'enflamment. Êtes-vous le grand
Lucifer en personne ? Accourez vite, traversez

en tunnel les entrailles de vos sombres domaines, j'ai hâte d'être maudite! Si vous êtes ar-
change, volez par-dessus les Alpes, je lève les
yeux pour vous voir descendre et je tends les
bras ! »

Il partait à toute vitesse. Le père, les larmes
aux yeux, était retourné chez sa fille.

10

VII

Guy ayant quitté Hélène le premier ce soir-là, Romain demeura le dernier, non pour excuser auprès de la jeune femme l'absence de son fils, mais pour quêter des consolations que la nouvelle épouse eut le courage de donner sans trouble apparent.

Le père, en égoïste, confessa ses craintes, toujours plus vives, à mesure que les absences de Guy, plus fréquentes, étaient devenues plus longues. A chaque nouvel abandon de son fils, Romain sentait l'amertume s'accroître, le chagrin s'augmenter. Il s'appesantit longuement sur les inquiétudes qu'un coureur d'aventures laisse

derrière lui à ceux qui le chérissent, et s'efforça
de démontrer à sa belle-fille comment les liber-
tins sont tôt ou tard la proie de quelque créature
astucieuse, habile, tenace, de quelque belle en
retour d'âge. Femmes plus passionnées d'influence qu'avides de tendresse, qui sont fières
de fixer un esprit mobile par la tyrannie, et
s'appliquent à réduire l'indépendance provoca-
trice d'un amant. Celles-là occupent en même
temps qu'elles charment, ajoutait le vieux peintre, elles enlacent et attachent à la fois, artistes,
non en l'art d'aimer, mais en l'art d'amour,
calmes et ardentes, dédaigneuses et jalouses,
réfléchies et emportées, capricieuses et souples,
ondoyantes sans diversité ou diverses avec des
ondoiements composés, voilà les sirènes dangereuses, irrésistibles! Leur orgueil consiste à se
faire reconnaître pour amantes définitives par
les hommes les plus changeants.

Hélène, souriante, prêcha Romain, et lui défendit d'être jaloux des fugitives maîtresses de
son fils. A force de raisonnements généreux,

d'assurances de son amour filial, à elle, la jeune femme, le soir de ses noces, renvoya son beau-père moins irrité du départ de Guy.

— Singulier emploi de ma nuit de noces! dit-elle à sa nourrice lorsque, rentrée dans sa chambre, et dépouillant son double rôle de sceptique et de désintéressée, elle éclata en sanglots.

Un instant après, et par une contradiction plus douloureuse encore, elle se mit à rire d'elle-même, de sa mission honnête et plaisante.

— J'ai accepté la faveur de cette noble amitié, continua-t-elle. J'en ai paru digne, j'en ai mé-rité la confiance, et j'en reçois le vertueux prix! Tout serait bien puisque voilà mes vœux com-blés ; je suis la femme de Guy ! Seulement, je me déteste, jusqu'à ce que peut-être, plus éclairée sur moi-même, j'en arrive à me mépriser !

— Hélène, Hélène, répéta la nourrice avec terreur, vous ne pouvez aimer Guy, maintenant que vous avez reçu de lui, l'injure de ce mariage ! Votre dignité exige que vous soyez ce qu'il appelle son camarade.

— Nourrice, je ne l'aime pas davantage, mais j'ai bien le droit de me haïr un peu plus. C'est à moi que j'en veux. C'est moi que j'indigne d'être telle que je suis. Car, belle, il m'eût aimée, j'en suis certaine maintenant; ces deux mois m'en ont donné l'irritante preuve. Oh, la laide, la laide ! Oh, malheureuse, tu ne te verras donc jamais re gardée d'un œil de convoitise ! Une femme, dont le cœur est inondé de tendresse, dont l'imagination déborde de poésie, qui est inférieure à un fruit, à une fleur, à un animal; qui ne peut être ni dé- sirée, ni respirée, ni dévorée ! Le sort odieux me destine à ne dire que des mensonges, à ne sourire qu'au mal qu'on me fait, à ne me dé- clarer heureuse que dans la torture, à ne vouloir que l'impossible ! Suis-je donc coupable de ma laideur pour en être ainsi punie ? Nourrice, j'ai l'épouvante de l'avenir ! Oui, j'ai peur d'écouter ce qui gronde en paroles violentes là, dans ma poitrine, ce qui me brûle les lèvres, ce que tu

entendras, nourrice : j'aime avec passion Guy
Romain, dont je suis la femme, et qui me refu-
serait pour maîtresse !

— Vous l'aimez ainsi depuis longtemps, repartit la vieille Joséphine d'une voix grave. Vous
l'avez aimé toujours, vous l'aimerez sans cesse.
Maintenant, attachée à lui par cet affreux mariage, vous ne pourrez le fuir, et son retour ne
vous apportera que l'aggravation de votre peine.

— Le cruel jamais, sans grâce, sans clémence,
s'écrit dans mon cerveau vide. Il se dresse en
arrière de ma vie, par delà mes premières années, en avant jusqu'aux dernières. Je ne verrai
plus que ce mot, sans cesse retracé, autour de
moi : jamais, jamais !

— Jamais ! répéta la nourrice qui se frappait
la poitrine pour en faire sourdre une consolation.

Hélène, appuyée, presque assise au pied de son
lit, maigre et osseuse dans son vêtement de nuit,
regardait avec un sombre chagrin les reflets de
ses miroirs lui renvoyer son désagréable visage.

— Non, s'écria la malheureuse laide, les fem-

mes qui sont belles ne se réjouissent pas de leur
beauté comme je me réjouirais de la mienne. Il
y en a plus d'une, j'en suis sûre, qui échange-
rait cette inappréciable fortune contre ma richesse. Ah! les heureuses, les enviables! O nature, ajouta-t-elle en une sorte d'évocation dé-
solée, est-ce qu'elles ont pour toi la louange que
j'aurais aux lèvres, est-ce qu'elles comprennent,
est-ce qu'elles expriment la folie de la reconnaissance? Est-ce qu'elles éclatent en bénédictions religieuses pour tes dons divins? Je crois
que pas une belle n'a conscience, comme je l'aurais, des incommensurables faveurs de la beauté!
Nourrice, continua la fille du sculpteur avec une
exaltation toujours plus grande, imagines-tu ce
que c'est qu'apparaître aux lettrés, aux incul-
tes, au vulgaire grossier, à l'artiste raffiné, avec
le même prestige, également accessible à tous?
S'admirer soi-même, s'aimer, être lisible, écrite,
sculptée, être lumineuse, être un chef-d'œuvre,
éblouir, frapper, émouvoir, se graver rien qu'en
marchant, telle qu'on est, au milieu des hom-

mes ; obtenir ce qu'on veut par un sourire, que
ce soit possible ou non, juste ou injuste, inspirer ce qu'on désire par un regard, enfin pouvoir
être aimée d'amour par Guy, voilà mes irréa-
lisables désirs, voilà les joies de la marquise !

Bientôt Hélène congédia sa nourrice, malgré
les supplications de celle-ci, qui refusait de laisser sa chère fille en cet état nerveux. Les grandes irritations ont, dans le même moment, parfois le besoin de se répandre et de se renfermer.
La jeune femme, lasse de s'entendre gémir, réclamait d'elle-même le silence, et il lui sembla
tout à coup qu'elle supporterait mieux le poids
accablant d'une douleur muette que l'insuffisante
allégeance de paroles sans dignité.

Mais, aussitôt seule, le spectre du suicide
l'arrêta comme pour mettre à exécution une sen-
tence du destin. Coupable du crime de laideur
dans un milieu où le beau est la loi morale, Hélène se dit qu'elle devait mourir... Elle examina
froidement trois ou quatre projets d'en finir
avec la vie, sans apparât et sans phrases. Sa ré-

solution une fois prise, il se fit en son esprit une sorte d'inventaire de ce qu'elle allait sacrifier. Et tout aussitôt quelque chose se débattit, réclama, se mit en mesure de résister, prétendit vivre. Ce quelque chose, froid comme un calcul, précis comme un raisonnement, se chiffra, se discuta dans la pensée d'Hélène, et prit la proportion d'une énorme valeur qu'on n'a pas le droit de détruire. Et, alors, au milieu de l'abandon de ses sens et de ses sentiments, Hélène vit surgir son intelligence orgueilleuse, dominatrice, prête à gouverner sans contrôle. Une ou deux formules se dessinèrent à ses yeux dans la lumière de ses facultés. La première était que mieux vaut surpasser les autres que de les envier, la seconde qu'une figure peut, sinon s'embellir, au moins se grandir.

La passion contenue, la chasteté subie, les effusions de cœur refoulées sont des forces irrésistibles pour la conquête d'un caractère. Hélène qui n'avait découvert jusque-là que le secret paradoxal de la conduite mondaine d'une laide, trouva que le détachement, la hauteur, l'orgueil, relevés par une noble intelligence, valent encore la peine d'être portés et montrés.

Les lueurs du flambeau hyménéen, qui avaient un instant brûlé les yeux de la jeune mariée, dans la chambre nuptiale, s'éteiguirent subitement et firent place à de beaux feux illuminant une flamboyante silhouette de la gloire. Une fille d'artiste songea tout à coup à devenir artiste elle-même et retrouva l'espérançe à sa première évocation de l'art.

Des images encore sans contour, mais déjà attachantes tremblotèrent dans le lointain de ses projets. Des sons confus, déjà palpitants d'harmonie, chantèrent à son oreille. Ou peintre, ou compositeur célèbre, voilà ce qu'Hélène projeta de devenir. De l'originalité, du savoir, une éducation artistique, des aptitudes éparses, que le travail coordonne, qu'un noble amour-propre exalte, madame Guy Romain ne possédait-elle point ces dons acquis ou reçus? Elle pensa que la volonté suffit à les développer.

Hélène, s'étant vouée tout entière au travail, s'écouta dans l'improvisation musicale et s'essaya dans le dessin. A ses matinées trop courtes elle ajouta bientôt les heures du soir que Martial et Romain lui laissèrent. Une séve ardente montait à son cerveau, lui donnait la fièvre. Des impressions ou craintives ou joyeuses, des doutes cruels, des éclairs de triomphe l'assaillirent dans l'inspiration et ne lui laissèrent point l'amertume des luttes personnelles, mais l'exquise lassitude des fatigues de l'intelligence. Elle avait autrefois accepté la solitude par humilité, elle l'adora pour les consolations hautes et fières, qu'elle en réclama et crut en obtenir.

Trois semaines presque heureuses s'écoulèrent en tâtonnements pleins de charmes. Hélène égrena toutes les mélodies qui perlèrent note à note de son esprit sous ses lèvres et sous ses doigts. Habituée à la caricature, qu'on fait sur une impression fugitive, elle traça d'une main impatiente vingt compositions qu'elle ne prit pas le temps d'achever.

Mais, hélas, on épuise vite dans l'art le tempérament lorsqu'on ne réclame de lui que de
l'ardeur. En musique, Hélène cherchait la perfection avant d'avoir fixé l'idée première, et ne
retrouvait plus tard qu'un souvenir désordonné.
En dessin, elle fixait trop hâtivement l'idée pre
mière qui gardait les proportions restreintes
d'une ébauche, et ne comportait point ensuite
les recherches de la perfection.

La jeune femme, inquiète, comprit un beau
soir qu'elle faisait fausse route, et s'engageait à
tort et à travers parmi des difficultés qu'un grand
artiste seul pouvait l'aider à vaincre. Elle imagina qu'il s'agissait tout simplement de méthode,
et qu'un raisonnement faisait, du jour au lendemain, un artiste d'un amateur. Alors, elle résolut de consulter Romain et de lui soumettre ses
essais. Hélène eut le tort d'y ajouter ses confidences. C'était pour se détacher de l'amitié qu'elle
s'attacherait à l'art. Au besoin elle fuirait entièrement le monde pour travailler avec plus de
suite et plus de profit. Romain se garda bien de

lui prêcher une retraite qu'il ne souhaitait pas
qu'elle recherchât, et qui eût entamé davantage
encore la chancelante santé de sa belle-fille. Il
la découragea si bien qu'elle renonça du jour au
lendemain à ses chers projets de réconfort, à ses
rêves de gloire, à sa solitude et à sa dernière
illusion.

VIII

Guy, insouciant ou embarrassé, n'écrivit point
le premier à Hélène, aussitôt son arrivée en
Italie, comme il en avait l'habitude. La jeune
femme, ignorant quel ton elle devait prendre
dans cette nouvelle correspondance, attendit le
premier billet de son mari. Ce billet ne vint
pas. Le mariage privait donc Hélène d'une consolation bien précieuse, qui l'associait depuis
dix ans à toutes les fantaisies de son ami d'enfance. Guy avait bien juré, au départ, à son cher
camarade qu'il lui enverrait de fréquentes nouvelles, mais il ne tenait point parole, et la jeune
femme ne désirait pas outre mesure le récit

heureux de cet amour qu'elle exécrait plus que
tout autre.

Un mois se passa, dont les trois premières semaines, heureusement occupées, furent courtes ;
sauf pendant la dernière, Hélène supporta sans
trop de chagrin le silence de son mari.

Ses samedis, toujours brillants, amenaient
chez elle jusqu'à des hommes du monde, dési-
reux de pénétrer dans un cercle d'artistes choisis.
La jeune femme eut à subir les galanteries de
plusieurs désœuvrés élégants, qui mirent un
certain amour-propre à courtiser cette laide superbe, très à la mode, riche, entourée, influente.

Au Bois, on regardait Hélène curieusement,
on chuchotait sur son passage, et elle avait le
succès des gens connus qui s'entourent de gens
illustres. Martial et Romain l'accompagnaient souvent, et l'on ne voyait pas un quatrième dans
l'équipage d'Hélène sans se préoccuper du personnage, sans lui supposer quelque célébrité.

Un jour que son beau-père et son père étaient
retenus jusqu'au dîner dans leur atelier, Hélène

sortit seule avec sa nourrice, dans une voiture dé--
couverte conduite par Césaire, fils de Joséphine.

— Au Bois! ordonna Hélène du ton ennuyé
de ceux qui disent la même chose à la même
heure tous les jours.

— Mère, demanda le jeune cocher en se re-
tournant, supplie madame de nous laisser la
conduire dans les bois.

— Oui, mon Hélène, allons à la campagne,
je vous en prie, ajouta la nourrice. Je désire une
promenade en pleins champs depuis tant d'années; accordez-la moi, aujourd'hui, cette faveur
insigne !

Hélène appartenait à une caste parisienne qui
abhorre les voyages, les excursions, et qui, à
force de paradoxes et de négations spirituelles,
se persuade qu'on ne décrit bien que ce qu'on
imagine, qui cite Auber et *la Muette*, lorsqu'on
parle de couleur locale, le vieil habitué du boulevard n'ayant jamais vu Naples, qui ajoute
comme démonstration indiscutable l'exemple de
quelques fameux peintres orientalistes dont les

pieds n'ont jamais foulé que les sables des squares et des Champs-Élysées.

La nourrice, paysanne, aimait la campagne. Elle feignit de prendre le silence d'Hélène pour un consentement, et ordonna à Césaire de se diriger vers les bois de Bellevue.

Ils prirent les quais de l'autre côté des ponts. Une lumière blanche, intense, à la fois pâle et incandescente, inondait le ciel, la Seine, les collines. De grands bateaux, attachés à leurs amarres, d'autres courant sur l'eau dormante dont ils secouaient la fraîcheur paresseuse, le rivage boisé, les îles lourdes et vertes, meublaient, habitaient, encadraient la Seine.

On gravit lentement les hauteurs de Bellevue, et les yeux distraits d'Hélène virent se dérouler l'immense Paris, enrubanné par son beau fleuve. Les lointains s'allongeaient à mesure que la jeune femme s'élevait, et plus l'horizon devint large, mieux son regard put l'embrasser. Elle avait la passion de sa grande ville, raffolait de chacune de ses grâces, adorait ses élégances, mais il lui

sembla que, la couvant tout entière, elle l'é-
treignait enfin, la possédait mieux et l'aimait
davantage.

La nourrice, humant l'air, babillant comme
un oiseau échappé de sa prison, ivre de grand soleil, parlait haut à son fils pour dominer le bruit
des roues sur le pavé. Elle nommait un à un
tous les arbres, s'extasiait sur toutes les choses
vivantes, verdoyantes et fleuries, qu'on rencontre
dans la campagne. L'oreille inattentive d'Hélène
entendit l'hymne joyeux de Joséphine, les ré-
ponses brèves et charmées de son fils. Tandis que
ses yeux erraient sur l'immense tableau de Paris,
elle fut pour ainsi dire préparée par un boni-
ment habile à le voir disparaître et à le voir
remplacé.

— Césàire, te souviens-tu, mon garçon, du
temps où ta mère était paysanne ? Tu étais toi-
même un beau petit paysan. On te mesura un
jour à nos seigles mûrs ; les épis te dépassaient.
En levant le nez, en te haussant sur les talons
de tes sabots, tu atteignis la barbe du seigle. Tu

riais, tout fiérot ; et tu crias : « L'année qui vient,
je serai grand, pieds nus ! » Ah ! Césaire, secouer
tous les matins la rosée fraîche, se réchauffer
au soleil, pester contre les bourrasques, voir tout
poindre, tout pousser, tout mûrir, le blé, les
bourgeons des arbres, les fleurs des fruits, les
fruits des fleurs, les récoltes venues des semences, les semences qu'on retrouve dans les
récoltes, que c'est plaisant ! Et moissonner, Césaire, rappelle-toi, est-ce amusant ? La richesse
qu'on engrange, le bien qu'on amasse, le ren-
dement généreux que la terre fait en nature à
ceux qui l'ont cultivée sans avarice avec de l'en-
grais, avec de l'eau, avec du travail ! Regarde,
mon fils, on moissonne sur les plateaux de Bellevue, là-bas ; cours de toute la vitesse de tes chevaux. Je marcherai dans les blés, je me couche-
rai sur les javelles des épis fauchés, j'achèterai
une gerbe, je croquerai du grain nouveau.

— La belle fête, oh ! la gaie fête, répétait Césaire, je vais entendre les chansons des moissonneurs.

On était en pleine campagne. Hélène considéra
d'un œil surpris les feux qui ruisselaient sur le
plateau, et paraissaient à la fois jaillir du sol et
du ciel. La jeune femme éveillée de son indifférence consentit à regarder le beau spectacle auquel le hasard la faisait assister. Tout était nouveau pour elle et la fille de Martial se crut à une
première représentation de la nature. Le soleil
baissait, glissant sur la courbe du plateau, et ra-
massant à la hâte ses traînées de lumière comme
pour les ramener fidèlement aux sources du jour.
Il se gonfla, s'épaissit, et, lourd de son poids entier de rayons, il roula, pesant, sur la terre ar-
rondie.

La haute plaine, étendue, se découpe en plein
ciel. Le sol crevassé, la route couverte d'une
poussière blanche et fine, l'herbe grillée disent
la chaleur de l'août brûlant. Le blé, que la
main tardive de l'homme n'a pas encore mois-
sonné, se courbe, las d'attendre. Ici le faucheur
renverse les lourds épis et les jette sur la terre,
où ils prennent des attitudes de repos. Là-bas

les gerbes sèches s'empilent sur des chariots
qui traversent les champs, brisent la paille des
éteules, et tracent des ornières profondes.

Au milieu du plateau une meule se forme.
Elle est déjà large et fournie. Les moissonneurs,
dressés sur les voitures, piquent tour à tour, avec
une nonchalance rhythmée, du bout de leurs
fourches, en pleine ceinture, les gerbes qu'ils
dressent et que saisissent les hommes habiles en
l'art d'arrondir la meule, de la tasser, de la faire
conservatrice du grain, régulière aux yeux, et
durable à l'usage. Les gerbes qui montent sur
la fourche se ploient avec grâce et disparaissent
par le côté des précieux épis. Celui qui élève
la meule, les pieds enfoncés dans la paille sur
le grain qui craque, foulant toute cette richesse,
tourne pour tourner la meule, et il donne au
produit du champ, abrité sur place, la forme
naïve des chaumières primitives.

Les épis oubliés, de loin en loin, dans les
éteules, s'offrent aux patientes glaneuses et se
réunissent un à un en bottes maigres. Ce sont

11.

les mêmes épis que les épis des javelles, des
gerbes et des meules, et pourtant ceux-là sont
riches et ceux-ci sont pauvres.

Après les glaneuses, glanent les oiseaux. Af-
folés par la moisson, ils ne se rassurent qu'en
voyant sur le sol tant de beau grain perdu. Lorsque les blés sont coupés, d'ailleurs, l'avoine reste
debout et les pierrots, les alouettes et les fau-
vettes peuvent encore, une semaine et plus, se
faufiler dans la paille blanche aux grains noirs
suspendus comme par magie sous des ailes ou-
vertes.

Hélène, tandis que les oiseaux rassurés chantent un gai bonsoir au soleil, aspire, enivrée,
la poésie de cette pastorale. Une tendresse for-
tifiante emplit son cœur, et elle devine qu'on
peut aimer l'être des choses. La solitude existe
dans les villes, même au milieu des foules ; dans
les champs tout partage avec l'homme une existence visible, tout l'oblige à l'échange, tout lui
parle, l'écoute, l'entretient et lui répond.

Le soir brillant finit et la nuit pâle commença.

La lune, posée de trois quarts, le front serein, l'œil protecteur, la bouche un peu tirée vers son autre quart de face, sourit dédaigneusement à la terre. Hélène s'amusa beaucoup de ce qu'un astre lui-même se permettait une grimace. Elle se dit en riant qu'on pouvait être caricaturiste jusque sous le grand ciel, et se plut à se retrouver avec ses moqueries, même au milieu de ses admirations. Elle eut un plaisir extrême à ne pas sentir son esprit opprimé par toutes ces forces, ni écrasé par toutes ces grandeurs. Elle entra en familiarité avec la nature et trouva des rapports si aimables, si faciles qu'elle ne prévit point les dangers d'un entraînement dont elle allait bientôt subir les plus violentes séductions.

La jeune femme, rieuse, aperçoit près de la lune, dans l'air du ciel, dans la forme des nuages, une fine libellule, un gros chien, un grand reptile. Ils marchent à la rencontre d'une troupe d'hyppogriphes étranges, boursouflés, qui tiennent des quenouilles entre leurs pattes.

— Le grotesque est partout, se dit gaiement Hélène. Ces plaisantes bêtes sont peut-être cause du bon rire goguenard de Diane, ajoute la jeune femme, qui devient païenne et anime l'astre que la science éteint ; peut-être Apollon qui se couche fait-il faire par l'arrière-garde de ses flocons roses ce défilé burlesque pour amuser sa sœur qui se lève ?

Mais les quenouilles se brisent dans les pattes des monstres. Ceux-ci embobelinés, confus, se ramassent et prennent la silhouette menaçante d'un ours colossal, dont les membres mal attachés, floconneux, se violacent et se séparent comme des chairs coupées vives. Le gros chien qui s'est avancé happe, la gueule ouverte, un morceau de l'ours, dont les restes s'entortillent aux replis du reptile ou s'accrochent aux ailes de la libellule. Ainsi finit la rencontre, loin de la lune, que ces amis et ces ennemis fragiles avaient la prétention d'attaquer et de défendre. Vainqueurs et vaincus blanchissent, se marbrent et vont se noyer dans les brumes de l'occident.

Les hirondelles noires, aux ailes actives, voltigent sous la lune argentée, s'entremêlent, s'évitent, s'élancent haut, se précipitent en ligne droite, ou décrivent avec une grâce pressée les courbes les plus capricieuses.

A droite du plateau, des bois enferment les champs. De grands chênes dépassent les taillis, agitent leurs feuilles luisantes, frémissent et murmurent une berceuse que leur souffle la brise du soir. Les chênes préfèrent aux ardeurs du jour, aux feux brûlants du soleil, la clarté fraîche de la lune et ses molles caresses.

Hélène admire l'univers et croit le comprendre. Cependant, sous ce qu'elle voit, il lui semble qu'un inconnu l'attire pour la charmer. Qu'est-ce donc que le mystère du réel? Où se cache-t-il? Dans les choses ou dans l'être? Les secrets du dehors sont-ils écrits sur ce qui se manifeste aux yeux, ou bien renfermés au plus profond de nous?

Si l'inconnu des existences est prisonnier en l'esprit de l'homme, Hélène le délivrera, car elle

ouvre sa pensée avec la clef des champs. Que
d'impressions contenues s'échappent alors et se
répandent, mais que d'étonnements et de curio-
sités la jeune femme recueille en échange. La
passion d'apprendre, de connaître vient tenter
son ignorance. La nature s'offre à la science et,
avant de se révéler à l'homme dans l'homme,
elle se plaît à l'instruire par ses grands specta-
cles. Elle exige qu'il la cherche partout à toute
heure de la nuit et du jour, elle veut être inter-
rogée tour à tour dans les plaines découvertes
et jusque dans ses antres.

Malgré les observations de sa nourrice, Hélène
s'éloigne, ordonne qu'on la laisse seule, et se
dirige vers le bois. Une sensation extraordinaire
l'agite. Ces arbres qui frissonnent avec leurs
grands corps habillés de feuilles, leurs bras éten-
dus, n'est-ce donc pas quelqu'un ? se demande
la Parisienne, moitié craintive, moitié attirée.

Elle hésite un moment, s'arrête. Un trouble
physique, à la fois poignant et délicieux, l'envahit. L'émotion tour à tour l'étreint et éclate

dans son cœur. Les parfums des séves qu'elle
aspire pour la première fois l'enivrent et brûlent
le sang de ses veines.

— Dans les bois habitent les faunes, pensa la
jeune femme à demi hallucinée, je les évoquerai
ce soir. Ils sont laids eux aussi, et cependant ils
aiment et sont aimés. Ils me révéleront l'amour
que la laideur elle-même peut inspirer.

Elle descend un fossé profond, remonte sur
un talus couvert de mousse, d'herbes et de per-
venches. Au moment de franchir l'entrée du
temple de verdure, elle élève les yeux, puis les
abaisse avec dévotion comme les femmes pieuses
sous les portiques des églises.

Les branches des chênes se courbent en ar-
ceaux protecteurs. Le sol est tapissé de lierre,
d'anémones. De longs rayons pâles jouent sur
les troncs des arbres, les dessinent, les blanchissent et les font semblables à des colonnes de
marbre. Un souffle sacré passe sur ce gazon et
sous ces voûtes.

Dès que la jeune femme a pénétré dans la

profondeur du bois, son émotion augmente, la
fièvre des nuits d'été envahit son cerveau, soulève sa poitrine, brûle ses lèvres et ses mains.
La voici chez les faunes, elle croit traverser quelque chambre nuptiale des nymphes, son cœur
bat avec violence. Où sont les Sylvains amoureux des Hamadryades? Qu'elle entende leurs
baisers, puisse-t-elle avoir sa part de leurs embrassements ! C'est ainsi qu'Hélène songe en
marchant. Palpitante, comme si quelque satyre
au pied fourchu allait répondre à son appel, la
jeune femme s'enfonce plus avant dans les taillis. Ses pieds brisent les branches mortes, et
elle croit entendre des pas pressés suivre les
siens...

— Quel que soit le compagnon qui prendra
ma main dans la sienne, dit-elle tout haut, je
l'accepte ; quel que soit son amour, je l'attends.
Je veux courir à deux sous ces grandes futaies
sombres, être délivrée de la solitude.

Tout à coup, Hélène, qui se débat au milieu
des ronces, enlacée par l'une d'elles, croit être

saisie par un bras invisible. Elle tombe molle-
ment sur la mousse au milieu d'une touffe de
grandes fleurs de digitale. Les feuilles qui cares-
sent ses cheveux et son visage, les senteurs des
plantes froissées, la nuit, une secrète terreur lui
font prendre les images qui hantent sa fièvre,
pour des apparitions. Ses yeux agrandis dans
l'ombre voient d'abord passer des vapeurs légères, puis des formes confuses, puis des êtres
mystérieux, qui prennent corps, la soulèvent,
l'entraînent dans leurs rondes et l'initient aux
plaisirs des danses divines.

Épuisée, elle s'appuie contre un arbre, au
bord d'une clairière.

Les danseurs ont disparu ou se reposent
comme elle. Au loin la lune parsème les arbres
d'étoiles sans nombre et fait fourmiller dans
l'herbe mille feux. Tout à coup un bruissement
singulier crépite sous les feuilles, un frisson par-
court l'espace, un tremblement involontaire
agite les membres d'Hélène. La lune glisse par
des mouvements perceptibles, sur le dôme des

chênes, verse avec bruit des étincelles, soulève les voiles de l'ombre que la jeune femme croit entendre se déchirer, et apparaît dans tout l'éclat de son rayonnement au milieu de la clairière. Elle semble posée, suspendue entre le ciel et les bois, prête à descendre.

Hélène jette un cri de suppliante, s'agenouille, tend les mains, et adresse à Diane, inspiratrice préférée de Martial, à la divinité qu'adorait sa mère, et qu'enfant elle se souvient d'avoir invoquée, cette prière ardente et bizarre.

« O Apollousa, sœur d'Apollon, ô destructive, tu te plais à percer les femmes de tes flèches, et, comme moi tu les détestes. Ta chasteté s'irrite de leur complaisance comme ma laideur s'irrite de leur beauté. Je puis être l'une de tes prêtresses et rêver ici l'île sainte de Délos, où nul bruit profane ne se fait entendre. Pareille aux jeunes filles hyperboréennes, veux-tu que je t'apporte des offrandes, et que je te fasse le serment de n'aimer aucun mortel?

» Si tu acceptes ce vœu, alors, ô Hémérosia,

adoucis ma folie, apaise-moi, sauve-moi ! Tu n'es pas toujours cruelle, ô Artémis, et tu te plais parfois à guérir les blessures. Jette sur moi, dans cette nuit que toi seule éclaires, un regard compatissant. Fais-moi connaître l'orgueil joyeux d'une pudeur farouche, éteins en mon cœur la passion qui le consume. Je me livre à ta vertu purificatrice pour qu'elle chasse de mes sens jusqu'au désir de l'amour. Fais que je ne sois pas plus que toi, ô Diane, la victime, la proie d'Éros. Ne plus aimer, être insensible à la magie d'un amant, demeurer froide sous son regard, ne point tressaillir à sa voix, s'appartenir, ne plus adorer un autre en soi, être libre, voilà ce qu'à genoux je te demande. Écoute ma prière, déesse attentive, exauce-la ! »

Mais Hécate ne parle à ses fidèles qu'avec l'accompagnement du bruit des fontaines ou du murmure de la brise dans les roseaux courbés sur les étangs.

La lune quitte la clairière et glisse sous les bois. La jeune femme suit les reflets de la lu-

mière divine, et cherche une révélation, une
réponse dans un signe compréhensible de la
déesse. Quelque chose de miroitant brille au
loin sous le feuillage. Diane appelle son adora-
trice au bord des rives consacrées à son culte !
La jeune femme s'élance à travers le bois, se
croyant guidée par Hécate en personne.

Elle entend courir derrière elle, mais cette
fois elle ne se retourne pas, puisqu'elle fuit
l'amour que tout à l'heure elle cherchait.

Hélène est auprès d'un étang. L'eau sombre
luit sur un fond noir comme une glace dans la
pénombre. Elle quitte les massifs épais des
chênes pour descendre au milieu des bouleaux
blancs et maigres. Ces derniers lui ressemblent.
Tristes comme elle, ils s'inclinent interrogeant
l'eau dormante. La jeune femme, étourdie par
sa course folle, se laisse tomber dans l'herbe hu-
mide, au bord de l'étang.

Sa gorge est oppressée, sa tête brûlante. Le
bruit des pas sur les feuilles sèches qu'elle distingue encore, c'est Diane qui la suit. Bientôt

la face majestueuse de la déesse franchit l'obstacle que lui opposent les bouleaux, et se jette dans l'étang. Elle plonge ; les poissons qu'elle protége bondissent dans le cercle de sa lumière.

« Quel visage courroucé a la lune, se dit Hélène, les yeux troublés par la fièvre ; qu'as-tu donc, ô Brino, t'ai-je offensée ? »

Le vent du soir, qui remue les feuilles alourdies par la rosée, fait pleurer les arbres, et apporte aux oreilles bourdonnantes de la jeune femme des mots navrants. Diane écrit en lettres flamboyantes sur la glace de l'eau qu'elle déteste la laideur. Belle entre toutes, elle repousse une laide. Ses prêtresses doivent être telles que les nymphes arcadiennes, aux traits aimables, à l'air inspiré, à la taille divine. Elle poursuit, la nuit, de sa haine les femmes disgraciées qu'Apollon poursuit le jour.

Apollousa, invoquée par Hélène, n'a nulle pitié des femmes qui, n'ayant pas même l'excuse de la beauté, rêvent l'amour et ses plaisirs im-

purs. La fille de Martial voit défiler dans son
cerveau égaré toutes les nymphes des bois. Elles
prennent la forme des bouleaux, l'aspect du
marbre, et chuchotent des paroles sans espoir.
Hélène distingue chacun des mots de ces voix
païennes et les entend tour à tour répéter :

« La sombre Hécate réserve la paix élyséenne
aux mortelles imparfaites qui s'offrent à elle
dans la mort. »

Une sorte de vertige saisit Hélène. Elle glisse
du gazon et marche sur les roseaux.

« La paix élyséenne! » murmure la jeune
femme, dont les pieds brûlants effleurent l'eau
froide.

Elle jette un adieu inconscient à la vie, fait
un pas encore, s'enfonce, et croit mourir.

IX

La nourrice n'a point perdu de vue sa chère
fille. Elle l'a suivie pas à pas, inquiète d'allures
si nouvelles chez Hélène, qui n'aime ni la campagne, ni les bois, ni la nuit. Joséphine s'est
fait suivre par son fils ; et le dévoué Césaire, tenant ses chevaux en main, a traversé des sentiers
impraticables. Sa mère et lui étaient arrêtés
dans l'ombre, à une courte distance de leur maîtresse, lorsqu'elle s'approcha de l'étang. Là, tout
près d'elle, invisibles, ils l'observèrent curieusement, stupéfaits de sa passion subite pour la
nature. La nourrice, ne devinant rien de ce qui
se passait dans l'esprit éperdu de la jeune femme,

ne s'émut point lorsqu'elle posa les pieds au
bord de l'étang. Elle dit bas à son fils en lui prenant les rênes des chevaux :

« Approche-toi, et veille sur l'imprudente. »

Mais Césaire, sans plus attendre, avait bondi
jusqu'auprès de sa maîtresse. Au moment où elle
allait disparaître dans l'eau vaseuse, il la saisit
par sa robe, l'enleva et courut vers sa mère qui
accourait vers lui.

Tous deux, secouant les vêtements d'Hélène,
la déshabillèrent à moitié, l'entourèrent de cou-
vertures. Joséphine prit sa fille dans ses bras,
comme elle eût fait autrefois de son nour-
risson, la roula dans sa jupe et remonta en
voiture.

Césaire, après avoir conduit un moment ses
chevaux par la bride, retrouva la route et lança
l'équipage à fond de train pour ramener au plus
tôt Hélène chez elle.

Les secousses de la voiture, qui faillit plusieurs fois se briser dans cette descente effrénée
de Bellevue sur Paris, ne ranimèrent pas les

sens de la jeune femme. Soit torpeur, soit éva-
nouissement, elle ne put répondre un seul mot
à sa fidèle servante qui la couvrait de baisers et
l'appelait avec des sanglots.

Romain et Martial attendaient leur fille pour
dîner. Surpris de ne pas la voir rentrer du Bois
à l'heure habituelle, ils essayèrent de se rassu-
rer sans y parvenir. Hélène tout à coup parut
devant eux, dans la serre qu'ils arpentaient avec
inquiétude. Césaire la portait, suivi de Joséphine
en larmes. Ses longs cheveux dénoués, à peine
secs encore, son visage pâle d'une pâleur livide
lui donnaient l'aspect de la mort.

— Notre vieux médecin, vite, vite, répétait la
nourrice. Qu'on aille le prévenir, et qu'il vienne
tout de suite.

Mais les domestiques éplorés se heurtaient les
uns contre les autres, demandaient des explications et n'obéissaient pas, tant ils étaient ahuris.

« Frère, cria Césaire au maître d'hôtel, le
médecin ! Va le prendre, amène-le, pour sauver
madame, pour la sauver, entends-tu ? »

12

Le second fils de Joséphine courut enfin chercher le médecin.

Martial et Romain, sans voix, sans gestes, atterrés, marchaient derrière la nourrice, et derrière Césaire. Ils montèrent l'escalier, pénétrèrent dans la chambre d'Hélène, mais ils furent incapables d'aider Joséphine et son fils à mettre la jeune femme au lit.

On enveloppa Hélène dans un chaud peignoir de flanelle. Césaire lui pétrit les pieds qu'elle avait glacés, tandis que la nourrice couvrait sa poitrine de serviettes brûlantes, et la réchauffait.

Le bruit des soupirs et de la respiration haletante d'Hélène rendit quelque force à Martial et à Romain. Alors tous deux s'écrièrent :

— Quoi, que s'est-il passé ?

— Elle s'est noyée ! répliqua brutalement la nourrice, qui en voulait à l'univers entier, et surtout à Romain, père de Guy.

Depuis les bois de Bellevue jusqu'à l'hôtel, Joséphine, malgré son désespoir, avait réfléchi à l'action étrange d'Hélène, et, sachant quels

étaient ses tourments, son chagrin, quelle éner-
gie elle déployait pour dompter son amour, la
confidente avait deviné un suicide.

— Elle s'est noyée, dit Martial sans comprendre, comment, noyée?

— Exprès? demanda Romain avec épouvante.

— Oui, exprès! parce que aussi on la rend
trop malheureuse !

— Nous la rendons malheureuse, nous, moi,
nourrice ! Est-ce possible ? reprit Martial.

— Ce n'est plus vous maintenant qui la faites
souffrir, monsieur. Elle a secoué la charge de
douleurs dont vous l'aviez accablée en vous séпа-
rant d'elle. Celui qui la torture, qui la tue, c'est...

Hélène appela sa nourrice d'une voix faible.

— Tais-toi, lui dit-elle tout bas, mon secret
est à moi seule.

— Je me tairai pour vous, répondit Joséphine, mais pour eux, les égoïstes, ils mérite-
raient de savoir ce que cachent votre douceur,
vos sourires, votre bonté.

— Commence toi-même par m'épargner avant

de prêcher les autres, murmura la jeune femme.

Le médecin entrait. Il soignait la fille de Martial depuis son enfance, et, dans cette grave maladie qui faillit l'enlever à sept ans, lui seul l'avait arrachée à la mort, ce qu'Hélène lui reprochait sans cesse d'un ton plus sérieux que plaisant.

— Eh bien, sauveur, dit la jeune femme avec découragement, n'allez pas recommencer votre cure. Laissez-moi en paix.

Renseigné dès la porte de l'hôtel par Césaire, le vieux médecin crut comme Joséphine à un acte de désespoir. Ce que lui dit Hélène à son entrée le confirma dans ses soupçons.

— Beaucoup de ménagements, beaucoup de silence, ordonna-t-il en s'adressant à la nourrice, car l'excitation cérébrale qui a causé le soi-disant accident n'est certainement pas éteinte par le bain!

Hélène fit un geste d'impatience, mais le vieillard feignit de ne l'avoir point remarqué, et il s'en alla.

Martial et Romain sortirent derrière lui.

— Est-elle en danger? demanda l'un.

— Ne la quittez pas, ajouta l'autre.

— Je sors pour faire préparer moi-même des calmants sous mes yeux, car il est nécessaire de surveiller la moindre médication. Au début de la fièvre que je prévois, tous les soins ont leur importance. Je reviendrai dans un moment; tenez-vous ici en m'attendant.

Les deux pères s'assirent à la porte de la chambre d'Hélène, qui était demeurée ouverte.

Un domestique apportant le courrier de la jeune femme, Romain découvrit au milieu des lettres et des journaux une adresse de la main de son fils.

— Une lettre de Guy! dit-il à Martial.

Hélène, avec cette affinité des sens que donnent les grandes secousses, entendit l'exclamation de Romain, et s'écria :

— Nourrice, je veux la lettre de Guy.

— Quelle lettre?

12.

— Celle dont parle son père. Va me la chercher tout de suite.

Joséphine craignit un commencement de délire, cependant elle appela Romain et lui répéta
la demande d'Hélène. Le peintre ne pouvant supposer qu'il avait été entendu, et pensant que des
nouvelles de Guy ajouteraient à la surexcitation
de la chère malade, nia qu'il y eût une lettre de
Vérone.

— Je ne me suis pas trompée, répéta Hélène,
dont les yeux s'enflammèrent ; non, je ne me
trompe pas : ma lettre, ma lettre !

Romain, que la première vue de l'écriture de
son fils avait comblé de joie, trembla de livrer
cette lettre. Il eut peur qu'elle ne fût cause par
sa teneur d'une aggravation dans le mal de sa
belle-fille, et la supplia de se calmer, de ne pas
insister. Mais Hélène menaçant de se lever,
Romain dut lui obéir.

La jeune femme, soulevée par sa nourrice, dé-
cacheta, au bout d'un mois de mariage, la première lettre de son mari, elle débutait ainsi :

« Enfin, ma chère Hélène, après quelques tribulations, je suis cavalier-servant accepté, reçu, fêté ! Notre double mariage a de grands airs, au moins pour trois époux : elle, toi, moi. Grâce à ma belle maîtresse et grâce à mon intelligente femme, je suis, au milieu de tous ces liens conjugaux, le plus libre des hommes, le plus heureux...

Elle n'en put lire davantage.

— Assez de générosité, assez de contrainte, assez de martyre! s'écria Hélène d'une voix saccadée.

Romain arracha la lettre de Guy des mains de sa belle-fille, et jeta comme elle les yeux sur les premières lignes.

Indigné de la cruauté de son fils, il ajouta plein de colère, après la pauvre Hélène :

— Assez d'indulgence pour cet orgueilleux, pour ce jouisseur aveugle et féroce !

La nourrice regarda Romain d'un œil favorable.

Martial, adossé à la porte de la chambre de sa fille, assistait, immobile, à cette scène.

— Alors, vous comprenez, Romain, dit la

jeune femme, pourquoi la vie, ce soir, m'a paru trop lourde?

Martial, suppliant, s'approcha du lit d'Hélène.

— Ne parle pas ainsi, murmura-t-il; prends pitié de moi, de Romain, de tes deux vieux pères, ma fille.

— Qui donc a le droit de réclamer ma pitié? Qui donc en a montré pour moi? répliqua-t-elle durement. Est-ce vous, chez vous? Oui, j'ai eu ce soir la passion de l'éternel repos; et je ne renoncerai p our personne à mon droit de faire cesser volontairement, un jour, des souffrances dont je suis lasse.

— Ainsi, se demanda tout haut Romain, toute cette gaîté depuis quatre mois était feinte, toute cette originale simplicité était cherchée, composée? Ce qui paraissait l'expression vivante de ses mouvements intérieurs, spontanés, était artificiel et convenu?

— Oui et non, non et oui, répondit-elle avec fatigue au monologue du père de Guy. Il est aisé de jouer le naturel avec ceux qui ne savent rien de vous. Pourquoi revenir, d'ailleurs, sur le passé, autrement que pour dire : Je ne le vivrai plus? Pourquoi vivre dans l'avenir, puisque j'aime d'amour Guy Romain, mon mari?

— Et qu'elle l'a toujours aimé! ajouta la nourrice. Ah, vous la connaîtrez maintenant, la chère fille dans son courage et dans sa douleur. Vous auriez dû la deviner telle qu'elle est, trop vaillante, et réclamer d'elle moins d'efforts. Aujourd'hui, la voilà broyée!

— Nourrice, avouait-elle donc à votre tendresse qu'elle aimait Guy d'amour avant le mariage? s'écria Romain.

— Elle l'aime depuis qu'elle existe, depuis que j'ai cessé de l'allaiter.

— Ah! l'horrible épreuve que nous t'avons tous imposée! dit Romain en s'agenouillant auprès du lit de sa belle-fille, pardon, pardon!

— Pardon! répéta Martial.

— Vous l'avez torturée, quand vous auriez pu, comme moi, la consoler, dit sévèrement la nourrice.

— Je suis la plus malheureuse des créatures, balbutia Hélène, qui éclata en sanglots.

— Les insensés ! les coupables ! s'écria le vieux médecin. Quoi ! c'est ainsi que vous suivez mes prescriptions ? Sortez tous trois. Je vous chasse, je la soignerai seul.

Et il renvoya jusqu'à la nourrice, malgré ses pleurs.

— Joséphine, vous reparaîtrez dans un instant, lorsque vous vous serez pénétrée du calme qu'il vous faut, dit le médecin d'un ton qui ne souffrait pas de résistance. Personne d'ailleurs n'entrera ici que je n'aie sonné.

Et il ferma la porte sur les trois imprudents.

Le vieillard s'assit à côté du lit de sa malade, la berça doucement avec des paroles monotones. La jeune femme, prise d'un gros accès de fièvre, répétait vingt fois les mêmes mots, et des exclamations incohérentes revenaient sans cesse à ses lèvres.

— Apollousa, la cruelle, dicte mon expiation, elle me défend d'aimer. Hécate vengeresse veut ma mort.

Le médecin trouvant plus d'avantages à diriger le délire d'Hélène qu'à le contrarier, la questionna, et suivit avec elle son idée fixe.

— Hécate vient pour calmer les maux qu'elle a causés, dit-il. La voici, regardez, elle sourit; c'est le guérisseur, c'est le prêtre d'Apollousa qui l'amène.

— Ah, elle sourit, vous la voyez! répondit Hélène.

— Je la vois. Elle me choisit, moi, votre sauveur, pour vous sauver une seconde fois.

— Je réclame d'elle et de vous la paix élyséenne.

— Elle me la promet, elle dit oui. Reposez donc et dormez, Hélène, dormez!

La jeune femme ferma les paupières et se tut; mais, durant la nuit, elle rouvrit cent fois les yeux avec égarement, et son délire recommença.

Le surlendemain matin ses lèvres gercées de peau noirâtre, ses dents entourées d'un cercle brun, ses yeux battus et enfoncés, son pouls irrégulier, obligèrent le vieux médecin à prévenir Martial et Romain que leur fille avait la fièvre typhoïde.

— Faut-il écrire à Guy? Croyez-vous que sa
présence puisse faire quelque bien à Hélène? demanda le beau-père.

— Nous ne devons point songer à lui donner
de sitôt une émotion quelle qu'elle soit, triste ou
joyeuse, répondit le médecin,

Vers le soir de ce jour, Hélène fit appeler son
père et Romain.

— Je sens, leur dit-elle, que je vais faire une
maladie grave. J'ai grand'peine en cet instant à
retenir ma pensée qui s'échappe, et à rassembler
les mots nécessaires pour l'exprimer. La suite de
mes idées, je la cherche… Attendez, je crois
la trouver, oui, je la trouve… Non, la voilà qui
se rompt avec éclat dans ma tête ! Je vais avoir
le délire ! Écoutez ! Si durant mes accès je vous
prie de faire une démarche auprès de Guy, ne
la faites pas, je vous en conjure ! Respectez ma
volonté actuelle comme on respecte celle qu'un
mourant a signifiée. Je vous adjure de ne point
écrire à Guy le danger que je vais courir. Vous

recevrez le samedi comme si j'étais présente, je l'ordonne, je l'exige. Les amis qui se sont engagés à tenir Guy au courant de mes soirées continueront à lui raconter ce que vous ferez, sans qu'il soit question de moi, de ma maladie.

Elle répéta de nouveau: « je vous en conjure, je le veux ! » et son délire la reprit pour ne plus la quitter.

Durant vingt et un mortels jours, on la crut tantôt perdue, tantôt sauvée. Sa nourrice, Martial, Romain, Césaire, ses domestiques la soignèrent avec un dévouement que plus d'une jolie femme n'eût peut-être pas inspiré. Dans ses rares moments de lucidité, elle eut des élans de reconnaissance qui prouvèrent son désir de vivre, et rassurèrent les siens, sinon pour le présent, au moins pour l'avenir, qu'au début de sa maladie elle avait si cruellement réservé.

Les mots aimer, être aimée, revinrent sans cesse dans son délire, et la jeune femme, plus d'une fois, exprima sa passion pour son mari avec une telle puissance, une telle poésie, que Ro-

13

main, malgré ses serments, eut grand'peine à ne pas rappeler son fils.

Lorsque la fièvre faisait briller les yeux d'Hélène, que ses joues brûlantes rougissaient, son visage plus d'une fois se transfigura. On lui coupa les cheveux qu'elle avait longs et fins, mais décolorés.

Un matin, après une nuit terrible, la nourrice, plus inquiète encore que les jours précédents, soignait seule Hélène pendant le dîner de Martial et de Romain.

La jeune femme, tout à coup, se dressa et dit d'un ton impérieux :

« Cette laide, sachez-le, ne veut plus mourir, elle veut vivre de ses vingt-cinq ans ! »

— Hélène, répliqua la nourrice ne sachant plus comment ni par quoi calmer une excitation cérébrale qui tuait sa chère fille, vous n'êtes plus laide, maintenant. Vos yeux n'ont plus cette teinte sans lumière qui les rendait semblables à des yeux privés de jour, votre chair a perdu sa pâleur de cire.

La jeune femme écouta comme si elle enten-

dait, et ses signes encouragèrent la nourrice à
parler. Le médecin, craignant surtout la conti-
nuité de la fièvre, insistait sans cesse pour qu'on
détournât doucement la malade de ses idées
noires, et pour qu'on s'efforçât de mettre quelque intervalle entre ses crises de divagation.

— Hélène, mon Hélène, poursuivit la nourrice, vous sortirez de cette maladie belle comme
vous l'étiez à sept ans, belle, oui, belle.

— Belle, moi ! répéta la jeune femme, et elle
rit d'un rire navré qui s'éteignit dans un torrent
de larmes.

La nourrice alla lui chercher une glace et osa
la lui présenter.

— Regardez vous-même si je mens, lui dit-
elle, et guérissez bien vite pour jouir de votre
nouvelle figure.

Hélène leva sa tête à la fois lourde et vide.
Elle la soutint péniblement de sa main droite et
se pencha sur le miroir. Après avoir regardé en
cercle autour d'elle comme pour reconnaître sa
chambre, elle jeta brusquement les yeux là où

elle se voyait. Son émotion ajoutait encore à
l'éclat fiévreux de son teint.

— Est-ce donc moi ? balbutia la malade. Moi,
beaucoup moins laide ? Ah, nourrice, que mon
épreuve serait légère, si la déesse que j'invoquais
dans les bois où tu m'as conduite me l'imposait
en vue d'une pareille récompense !

Ni la jeune femme ni sa fidèle servante, l'une par
faiblesse, l'autre par prudence, n'ajoutèrent un
mot aux paroles qu'elles venaient d'échanger. Il
leur suffit du mince rayon d'espoir que toutes
deux avaient entrevu. Hélène se dit qu'en gué-
rissant elle pouvait être moins laide, Joséphine
pensa qu'avec la promesse de devenir belle Hélène guérirait plus vite !

En effet, à partir de cette heure, la fièvre,
qui ne cessait de croître, alla s'abaissant d'une
manière sensible ; enfin, un beau jour, elle cessa,
et tout danger alors disparut. Hélène, sauvée,
entra en convalescence.

X

Madame Guy Romain, sur l'ordonnance de son vieux médecin, consentit à quitter Paris et à passer l'automne à la campagne. On lui conseillait le bord de la mer, elle choisit Bellevue et fit louer une maison à la lisière du bois, non loin de l'étang aux bouleaux.

Dès qu'on put transporter la convalescente, sa nourrice, ses domestiques les plus dévoués l'accompagnèrent à la villa des Acacias. Le médecin avait interdit à Martial et à Romain de suivre leur fille, et il leur refusa même toute permission d'aller la visiter.

« Il lui faut, dit-il aux deux pères, la vie vé-

gétative, sans causerie, sans lecture, sans lettres,
sans occupation d'aucune espèce. N'ayez plus
de craintes sur elle : les grandes maladies
donnent l'appétit de l'existence. Mon ami, ajouta
le vieillard en s'adressant à Romain, s'il arrive
des nouvelles de votre fils, supprimez-les. »

Tout fut donc réglé par le tyrannique médecin pour trois grands mois dans l'existence d'Hélène. Il décida de l'heure des promenades, des
repos, des siestes, et prescrivit jusqu'au moment
où elle pourrait parler, mais non converser.

— Vous verrai-je, docteur, pour avoir au
moins le droit de vous faire participer à l'ennui
que vous m'imposez? demanda Hélène à son
vieil ami lorsqu'elle lui dit adieu à la porte de
son hôtel.

— Non pas, vous me questionneriez sur votre
père, sur votre beau-père, sur votre joli mari,
sur vos samedis, sur le reste! Or, vous ne devez, quoi qu'il vous en coûte, vous intéresser
qu'à vous durant trois longs mois. A propos, je
vous défends même de penser!

— Que me donnerez-vous, si je vous obéis?

— La santé, Hélène, et, par conséquent...
Ah! je n'ose vous promettre ce que j'espère !

— Promettez, docteur, tiendra qui voudra !

— Si vous suivez mon ordonnance au point
de vous incarner dans une créature indolente,
paresseuse, stupide, endormie, si vous consentez à être trois mois une chrysalide, vous subirez
la transformation que je vous souhaite, et, un
beau matin, vous vous réveillerez papillon.

— Après avoir été chenille ! répliqua-t-elle
en riant. Je suivrai donc ces prescriptions ma-
giques au moyen desquelles je gagnerai ma bonne
aventure. La prédiction en vaut la peine. Je me
soumettrai à toutes vos exigences, aveuglément,
comme on se soumet à celles des augures.

Elle embrassa les trois vieillards qui dissimu-
laient mal leur chagrin de cette séparation, et
partit pour Bellevue. Elle fit baisser le store de
sa voiture, ferma les yeux pour ne pas être
tentée de regarder son cher Paris et de lui adres-
ser un adieu ému.

A son arrivée à la villa, la jeune femme donna
l'ordre de voiler toutes les glaces. Elle voulut
être certaine de ne pas se voir avant trois mois.

« Si ton espérance, nourrice, dit-elle à Joséphine, si la promesse du docteur se réalisent, je
désire une joie imprévue, un bonheur sans réserve, un éblouissement, une transfiguration complète. Suppose que ma vilaine pâleur revienne,
que mes cheveux repoussent ternes et jaunis, que
mes yeux s'éteignent, toute ma laideur dût-elle
disparaître après avoir reparu, je perdrais le
courage de me soigner et d'aller jusqu'au bout
de cette insupportable ordonnance. »

De ses fenêtres, de son jardin, Hélène, n'aper-
cevait que des arbres, que le bois. Césaire, dans
chacune de ses promenades en voiture ne la con-
duisait que sous les hautes futaies, dans les
allées ombreuses, sur le sable doux, sur la
mousse, lentement, et devait la ramener endormie.

Le cœur d'Hélène, dans cette intimité avec la
solitude, trouva de puissants réconforts. Les
hommes, formés par la société, se retrempent

dans la fusion avec leurs semblables, puisent
dans l'activité publique des vigueurs nouvelles.
Les femmes, pétries plus directement par la nature, ne s'alimentent, ne se recréent que loin
des foules, sous le ciel, sous les bois, en pleine
campagne.

Hélène qui avait un soir deviné qu'on peut
adorer les choses d'apparence inanimée, conçut
cet amour dans toute sa plénitude, et en reçut
plus d'une leçon pour mieux aimer les êtres.
Ses sentiments perdirent peu à peu ce qu'ils
avaient d'artificiel, se transformèrent et s'élar-
girent. Elle eut pour ainsi dire des émotions
venues de premier choc, non par instruction,
mais par intuition. Ses réflexions, n'étant plus
enfermées dans un horizon étroit et convenu qui
les faisait se heurter les unes contre les autres,
n'eurent plus rien de douloureux. Au lieu de se
croire une créature déshéritée dans un milieu
où l'idéal unique est la beauté, elle se sentit
dans le grand univers une créature privilégiée.
Elle connut la gratitude pour le monde phy-

sique, et, en considérant tous les essais informes
de la vie dans les bêtes et dans les plantes, en
voyant les difficultés de chaque existence, elle
jouit des avantages dont notre espèce est comblée.
Elle s'émerveilla sur les perfections et sur les beautés dont la nature dote la femme la plus laide.

Sa gratitude envers ce qui est la rendit meilleure. Les premiers désirs de la bonté lui vinrent.
L'idée du bienfait reçu lui inspira l'idée du
bienfait à répandre. Elle essaya de nouer à
d'autres êtres les liens qui l'attachaient au généreux univers. Une ardente passion de donner,
de rendre, lui révéla les notions de la vraie charité.

La fille de Martial, l'amie de Romain n'avait
encore songé à aider que le talent. Jamais la
pensée ne lui était venue de soulager le malheur.
Se croyant malheureuse entre toutes, elle ne
reconnaissait point aux secours de la fortune le
pouvoir d'adoucir une peine, de triompher d'une
affliction. Quoiqu'elle fût riche, on ne s'adressait
point à elle dans le besoin, parce qu'on la savait
insensible aux souffrances de la pauvreté.

Mais ayant un jour interrogé sa nourrice sur ce qu'on peut faire avec de l'argent, Hélène apprit que quelques milliers de francs ont la magique influence de délivrer du soir au matin cent familles de la misère et de les doter d'un bonheur définitif.

La jeune femme, pénétrée tout à coup de l'amour d'autrui, n'eut plus qu'une passion : faire le bien.

Les actes spontanés sont parfois les fruits mûrs des plus lentes réflexions. Hélène, l'esprit éclairé par ses observations de chaque jour, s'était beaucoup dit que l'univers vit d'échanges. Elle espéra tout à coup que sa charité envers les malheureux provoquerait la charité de la nature envers son malheur à elle. Hélène, durant trois mois, fut donc en instance auprès des dieux et multiplia ses offrandes pour obtenir de leur générosité sa beauté perdue. Elle envoya le bonheur partout, ne se plaignant que de la rareté des occasions qui lui permettaient de l'envoyer à coup sûr. La jeune femme usa de sa fi-

nesse pour ne point se laisser tromper par les
apparences de la misère. Elle s'enquit avec scru-
pule de la situation des pauvres gens qu'elle
secourait, ne prêtant son assistance qu'à ceux
qui devaient être assistés. Hélène Martial ne se
donna point ainsi, comme le font la plupart des
femmes riches, le prétexte de se laisser décou-
rager de la bienfaisance, et ne devint pas sotte-
ment la dupe de ceux qui abusent de la charité.

Comme elle désirait obtenir la récompense
de ses dons par ailleurs, elle détesta la reconnaissance qui diminue le mérite du bienfaiteur
et quelquefois le dépasse. S'efforçant de rester
inconnue, elle déployait toutes les ressources
de son intelligence pour échapper aux remercie-
ments de ses protégés.

Les derniers jours de novembre s'enfuirent
avec rapidité. L'exil d'Hélène touchait à sa fin,
le premier décembre ayant été fixé par le vieux
docteur comme limite à sa retraite. L'automne
avait été doux et chaud. Tandis qu'Hélène versait à pleines mains sa fortune chez les humbles,

le soleil versait sur les plus modestes feuilles
ses richesses de lumière, et les couvrait d'or.

La veille de son départ, la jeune femme voulut visiter un à un les lieux que son médecin lui
avait interdit de revoir avant son entière guérison. Elle se fit conduire sur le plateau, mais
elle n'y retrouva nulle trace des paysages d'août.
Les terres toutes nues, désertées, ne rappelaient
la moisson que par des meules à la paille noirâtre et salie. Une troupe de corbeaux sombres
et lourds remplaçait la nuée légère des hirondelles. Le cœur triste d'Hélène avait un jour
trouvé le plateau en fête ; ses espérances le trou-
vaient en deuil. Elle crut ce contraste d'heureux augure, et se dirigea vers l'étang.

Or voici qu'à la place même où la pauvre
laide, poursuivie par ses lugubres visions, avait
résolu de mourir, de vivantes jeunes filles dan-
saient une ronde qu'elles chantaient. Pareilles
à des nymphes arcadiennes, elles tournaient en
cercle autour de l'une de leurs compagnes, et
celle-ci, coiffée de branches de bouleau, tenait

un roseau à la main. Hélène, qui d'ordinaire fuyait les jeunes filles, s'approcha de la ronde, curieuse et surprise de l'attrait nouveau qu'elle éprouvait. Elle sourit, on lui rendit son sourire. Le chant cessa, deux mains entrelacées se dénouèrent et la ronde s'ouvrit, pour se reformer aussitôt. Hélène fut tout à coup enfermée dans le cercle des jeunes filles et mise en présence de la nymphe coiffée de feuillage, qui chanta gaiement :

> Le roseau, mesdemoiselles,
> Je l'offris à la plus belle
> Que voilà !

Le chœur des danseuses répéta le refrain modifié ainsi :

> Ce roseau, mesdemoiselles,
> On l'offrit à la plus belle
> Qu'on rencontra !

Et, sur ce, Hélène, qui ne s'en défendit point, reçut deux gros baisers retentissants. La nymphe aux bouleaux parut prendre grand plaisir à les lui donner.

— Voulez-vous entrer en ronde avec nous, madame Guy Romain? lui demanda l'embrasseuse.

— Vous savez donc mon nom, mademoiselle?

— Oui, madame, je suis votre voisine la plus proche. Et je le répète à mes amies qui toutes connaissent notre histoire : mon père avait été la victime d'un vol, il ne pouvait faire ses paiements de fin de mois, on allait le mettre en faillite, le déshonorer; il voulut mourir. Je vous écrivis, madame, vous l'avez sauvé, je vous adore! Si vous étiez moins bonne que belle, vous seriez plus belle encore que bonne.

Hélène heureuse, enivrée, le cœur palpitant, à la fois confuse et ravie du premier succès de sa beauté, s'enfuit et courut à sa voiture; mais elle fut gaiement poursuivie dans les bois par le refrain lancé des bords de l'étang aux bouleaux :

> Le roseau, mesdemoiselles,
> On l'offrit à la plus belle
> Qu'on rencontra!

En arrivant au chalet, Hélène pria sa nourrice

de faire découvrir toutes les glaces voilées jusque-là. Depuis trois mois la convalescente s'é-
tait efforcée d'oublier son visage malgré la tentation que les regards des autres lui donnaient
de se regarder. Joséphine, Césaire, les domestiques comprimaient impatiemment les élans
d'une joie qui croissait chaque jour, lorsque leurs
yeux dévoraient les traits sans cesse embellissant
de leur maîtresse chérie.

Hélène s'était vue devenir très-belle de corps.
Sa peau fine, tendue par un embonpoint élégant,
lui donnait une envie folle de s'admirer, et elle
rêva plus d'une fois de la salle de bain dans la
maison grecque où sa mère la baignait enfant.
Lorsqu'elle contemplait ses bras nus, ses belles
mains potelées, lorsque sa poitrine lui apparais-
sait avec des seins gonflés, lorsqu'elle marchait
la taille souple et molle dans ses hanches arron-
dies, le souvenir des belles statues de son père
ne la faisait plus pleurer de jalousie et de désespoir.

Ses cheveux, décolorés et plats autrefois, repoussaient en folles mèches avec des ondulations gracieuses. Ils étaient dorés et rougis au soleil d'automne comme les feuilles des bois. Mais sa figure, qu'était-elle? qu'était sa beauté? A qui ressemblait Hélène? A elle-même enfant? A sa mère? Au moment de l'épreuve du miroir un peu de folie lui monta à la tête. D'ailleurs, lorsqu'on ne se connaît plus, comment se reconnaître? Est-ce soi, ce joli quelqu'un? Hélène regardait, ne voyait pas. Chose étrange, l'image de Guy se dressa tout à coup dans cette glace et le souvenir des traits de l'absent se précisa mieux, fut pour ainsi dire plus réel dans l'esprit de la jeune femme que son propre visage réfléchi.

Pour conquérir Guy, ce coureur d'aventures, cet insatiable amoureux d'irréalisé, il faut être belle, véritablement belle, et ce n'est pas la fille de Martial, la belle-fille de Romaïn, une artiste elle-même, que des semblants ou un à peu près de beauté peuvent ou satisfaire ou illusionner.

Enfin elle ose s'examiner lentement, longue-

ment ; soutenue par sa nourrice, elle est debout,
en pleine lumière, auprès de la haute glace d'une
armoire. Les derniers feux du jour inondent les
vitres. Hélène rougit et respire à peine. Ses yeux
ne quittent pas ses yeux, qui sont à la fois plus
clairs et plus sombres, plus allongés et plus
profonds. Son teint est admirable ; sa bouche aux
lèvres éclatantes, ses gencives roses que son sourire dévoile encadrent des dents d'une blan-
cheur d'ivoire. Le cou d'Hélène a comme celui
de sa mère, et comme le cou d'Hélène Dioscure,
la grâce du cygne. Ses cheveux courts frisent sur
son front blanc et la coiffent d'une façon cava-
lière pleine de grâce.

« Oui, vous êtes belle, Hélène, dit la nourrice. »

— Je suis belle ! s'écrie la jeune femme de sa
voix vibrante, qui paraît plus assurée, plus pé-
nétrante, et dont la séduction est en accord plus
parfait avec un merveilleux visage.

Hélène, folle de joie tout d'abord, s'émeut
bientôt d'une émotion religieuse. Sa reconnais-

sance est si grande qu'elle en devient solennelle. La jeune femme rend grâce à Diane Artémis, bienfaisante et guérisseuse, murmure des louanges passionnées envers la généreuse nature, envers ce mystérieux divin, épars sur toutes choses, qui se fixe dans la beauté.

XI

Le lendemain, Hélène, vêtue d'un riche costume de velours gris, orné de renard bleu, quitta
la villa des Acacias ; ses domestiques, groupés
sur le perron, firent un accueil enthousiaste à
son élégance et à sa grâce. Ils devaient suivre leur
maîtresse en break. La jeune femme monta dans
un coupé doublé de lilas tendre que le fils de la
nourrice avait commandé depuis longtemps, et
qui était arrivé la veille.

Césaire, agitant son fouet, donna le signal du
départ.

« Vive Bellevue ! cria-t-il. Camarades, en
route pour Paris, et, fièrement ! »

Tous répétèrent bruyamment le vivat de Césaire. L'orgueilleux cocher dirigea ses chevaux vers la capitale se promettant d'écraser ses confrères au plus prochain jour avec la beauté d'Hélène, lui qui les avait tant de fois vus sourire de la laideur de sa dame.

Martial, Romain, le vieux docteur allaient et venaient dans l'hôtel de l'avenue du bois avec une impatience fiévreuse.

— Ah ! disait le sculpteur, je suis aussi troublé que le jour où je demandai mon Hélène en mariage. J'espérais, je n'espérais pas. J'étais heureux et inquiet. Romain, qu'est-ce que notre art auprès de la vie ? Qu'est-ce que ta peinture, qu'est-ce que mon marbre auprès de ce que ma fille tout à l'heure va être à nos yeux ? Si, comme l'écrit sa nourrice, elle a retrouvé la beauté de son enfance, nous allons voir mon adorée compagne véritablement ressuscitée. Romain, y songes-tu ? nous pourrons adorer vivante la plus belle des femmes. Je serai un père amoureux, je t'en préviens, un père jaloux. Après avoir eu la passion de l'amour, j'aurai celle de la paternité. —

— Et moi, moi, oui, j'y songe, Martial. Avec ta
fille belle, ma belle-fille, je tenterai de reprendre mon fils. Car, vois-tu, ami, ce n'est point un
endurci. Il est tellement préoccupé de n'être ni
Don Juan ni Lovelace, d'être un amant de l'amour,
que je ne le crois pas corrompu. Il me semble qu'il
eût été fidèle à la tendresse qu'il avait pour Hélène si elle fût restée jolie, et alors maintenant...

— Maintenant, nous lui en ferons voir de
grises dans son ménage. Ah! le galant se marie
par dédain du mariage. Il prend une femme très-
laide pour n'être tenu à aucun devoir envers elle!
Bon, bon, jeune homme plein d'astuce, nous
vous apprendrons qu'on ne se soustrait pas im-
punément à toute responsabilité envers les
autres et que la jouissance exclusive, ce qu'on
appelle le plaisir, a ses risques, même quand on
se croit assez malin pour les avoir escamotés tous.
Nous rirons bien de ce mari trompé qui croit
épouser la laideur et qui épouse la beauté. S'il
y a là un cas de nullité de mariage, j'en ré-

clame pour Hélène les bénéfices dès demain.

— Tais-toi, repartit le père. Laisse-moi penser que le bonheur de ta fille ne causera pas le malheur de mon fils.

— La voilà ! s'écria le vieux médecin.

— C'est elle ! murmurèrent à la fois Martial et Romain, chancelants.

La porte cochère de l'hôtel s'ouvrit. Le coupé s'arrêta en face des deux pères. Hélène descendit de voiture avec une nonchalance qui ne rappelait en rien ses manières saccadées d'autrefois. Moins maigre, elle était moins grande. Son teint animé, son rire facile et moqueur, ses yeux un peu hardis, l'expression fière de sa figure, tout marquait en elle la joie d'être admirée. L'un des charmes étranges de la beauté d'Hélène, c'était une sorte de contentement naïf qu'elle avait d'elle-même, et qui ajoutait de la jeunesse à son éclat.

— Eh bien, mes pères, dit-elle, c'est intraduisible en paroles, n'est-ce pas ?

— Hélène, deux fois mon Hélène ! répéta Martial, qui fondit en larmes.

— Madame Guy Romain ! balbutia le peintre
évoquant son fils, tandis que son ami évoquait
sa femme.

— Telle dut apparaître Hélène aux vieillards
des portes Scées, ajouta le vieux médecin. Elle
ressemble aux déesses immortelles, se dirent-ils
les uns aux autres et ils chantèrent sa beauté,
pareils à des cigales qui dans les bois, assises
sur un arbre, élèvent leurs voix mélodieuses.

La jeune femme, durant ce classique discours,
s'était jetée dans les bras ouverts de Martial et
de Romain. Elle se laissa étouffer par les étreintes
folles de leur amour paternel. Puis, se déga-
geant, elle les devança, prit en marchant, et
comme à son insu, un air de reine, et ils se sen-
tirent, eux, les pères illustres, de la suite de
leur fille. La beauté, pour les grands artistes,
n'est-ce pas la seule puissance, l'unique supériorité qu'ils reconnaissent ?

— Mon chez moi était trop orné jadis, leur
dit-elle en riant. J'y paraissais comme, sur-
chargée d'ornements. Voyez comme aujourd'hui

tout ce luxe me va mieux, et m'habille plus simplement. Et dire que je dois la guérison de ma
laideur à celui-là même que j'ai tant accusé de
m'avoir laissée vivre, continua la jeune femme
en prenant le bras de son vieux médecin. Merci,
mon ami, merci, et encore et toujours merci !

— Ma récompense est dans le plaisir de mes
yeux, répliqua le vieillard ému.

On avait annoncé le dîner, mais Hélène, après
qu'elle eut parcouru les salons, quitta tout à
coup le bras du docteur, saisit la main de Martial,
celle de Romain, les obligeant à la suivre dans
la galerie malgré leur résistance goguenarde, car
ils devinaient son projet.

— Parbleu, dit Romain, tu écraseras la femme
rose comme beauté, et j'écraserai Guy comme talent. Je ferai ton portrait, moi, et il suffira de
venir, de voir, pour que ceci soit vaincu !

— Allons, allons, répliqua-t-elle, il faut com-
parer avant de juger.

Et elle se plaça devant le chef-d'œuvre de Guy,
sous le portrait de la marquise.

14

Malgré eux ils examinèrent en artistes.

— Il y a la même beauté, dit Romain, avec plus d'intelligence, plus de feu, plus de charme.

— Le corps est plus allongé, ajouta Martial, il a des courbes mieux dessinées, il est plus statuaire.

— Ce qui me touche, dit à son tour le vieux médecin, c'est l'adorable expression de bonté répandue sur votre visage, Hélène.

La jeune femme, émue, répondit :

— Ce doit être une expression de reconnaissance. Je voudrais pouvoir rendre en bienfaits au fond commun du bonheur des êtres ce que je prends en beauté, et mériter de garder cette inestimable faveur.

— Hélène, ma fille, étends sur tous ta charité, répliqua le père de Guy.

Elle répondit par un signe de tête plein de réserves, auquel Martial ajouta ses impertinences.

— Éloigne de ta présence, ô souveraine, dit-il, ce solliciteur importun qui s'accroche à ton char de triomphe. Il ose mendier on ne sait quelle vague absolution pour son fils ; il te fait un devoir de ta victoire. Hé ! l'homme à l'enfant prodigue, quand nous offrons aux dieux une brebis blanche, ne viens pas nous dépoétiser en nous parlant du veau gras.

— Tu es méchant ! repartit Romain.

— Je ne suis rien de rien, que l'esclave d'Hélène. M'acceptes-tu comme tel ? demanda le sculpteur à sa fille.

— Oui, dit-elle, rieuse, et je ne vous épargnerai aucune des duretés de la servitude.

— Telle que te voilà, ma divine, je ne puis recevoir de toi que des récompenses. Enfin, je vais être le plus envié des pères. J'entendrai le contraire de ce que mon oreille irritée entend depuis dix-sept ans. Lorsque mon talent recevra des louanges, ma paternité ne subira plus d'injures, et mes admirateurs ne me diront maintenant sous aucune forme : Qui croirait, Martial, à voir vos œuvres que c'est vous qui avez fait votre fille ?

— Si le sculpteur Martial est digne d'être

ton père, Hélène, ajouta Romain avec un légitime orgueil, il me semble que le peintre Romain
n'est pas indigne d'être ton beau-père. Ah !
quelle cour d'amour nous allons fonder pour
toi, charmeuse ! Que d'art nous allons dépenser
pour te glorifier, belle des belles !

On dîna joyeusement. Hélène connut pour la
première fois tout le plaisir des flatteries qu'une
jolie femme reçoit même dans sa famille. Elle
recueillit avidement les louanges de ses deux
pères. Martial et Romain ne se lassèrent pas plus
d'exprimer leur admiration qu'Hélène ne se
lassa de les écouter.

On parla du lendemain, un samedi !

— Les amis d'Hélène, quoique prévenus, dit
Martial, n'en seront pas moins stupéfaits, pétri-
fiés, changés tous en amoureux.

— Hélène, dans sa divinité, trônera au milieu
de ses dévots, ajouta Romain jusqu'à ce qu'elle
daigne rappeler son...

Le peintre fut arrêté par sa belle-fille.

— Ne parlons pas de Guy, répliqua-t-elle

d'une voix hautaine. Apprenez, cher beau-père, que, depuis ma transfiguration, je n'ai plus pour lui la moindre faiblesse. A mon tour je veux être libre de faire des conquêtes. Vous aurez le chagrin de posséder une belle-fille légère. Je ferai la paire avec l'oiseau volage que vous avez pour fils.

— Dans ce cas, dit Martial, je rappelle mon gendre, et je prétends mourir de rire lorsque ce roué moralisera sa femme. La situation vraiment neuve n'en sera que plus comique. Le monde est parfois d'une gaîté folle. Je m'amuse ! Nous allons voir ce que nous allons voir dans cet étonnant ménage, ajouta le sculpteur qui se leva de table et pirouetta sur lui-même en se frottant les mains.

— Il y a quelqu'un qui ne mérite pas votre cruauté à tous deux, c'est moi, répliqua Romain avec désolation.

— Toi, tu es cause de ce mariage. C'est pour se débarrasser de ta sentimentalité que monsieur ton fils a épousé Hélène. Voilà mon adorable

14.

fille éternellement liée à un coureur d'aventures, et tu réclames le bénéfice de circonstan-
ces atténuantes, tu te plains, toi ! répéta Martial.

— Je me plains parce que je souffre ! repartit le peintre. Je demande grâce parce que tu
es aussi impitoyable dans la joie que dans le
chagrin.

— Cher beau-père, dit Hélène qui sauta au
cou de Romain, laissez-moi vous rendre malheureux, et, puisqu'il faut une victime expiatoire
offerte en compensation du bonheur des autres,
consentez à ce que ce soit vous plutôt que moi.

— Il en sera ce que tu voudras, Hélène. Si tu
me conduis au sacrifice avec toute cette grâce, j'y
marcherai pour te plaire. Je t'aime à présent
plus que je ne m'aime !

— Voilà une douce parole qui eût été bien
placée autrefois dans la bouche de monsieur mon
père, dit Hélène.

— Gronde, tu en as le droit aujourd'hui, repartit Martial.

— Mon reproche est une câlinerie pour Romain, continua la jeune femme. Puisqu'il m'aime
comme un père, je désire qu'il me croie sa fille
plus que Guy n'est son fils.

— Je voudrais avoir les deux, répondit le
peintre.

— Tu veux tout, toi, tu en veux trop, recommença Martial. Tu deviens gênant, monsieur le
trouble-fête !

XII

Le lendemain Hélène eut un succès de beauté
à faire crouler l'hôtel. Ses amis ne lui épar-
gnèrent aucune forme d'applaudissement, et l'on
répéta en son honneur tous les bravos, tous les
hurrahs connus. La fille de Martial ne trouva
dans les manifestations d'un si fol enthousiasme
rien de trop bruyant pour sa gaîté à elle.

La beauté ajoute ses éblouissements à toute
chose. Hélène fut étourdissante d'esprit, et ses
répliques aimables, ses traits bienveillants eurent cent fois plus d'inattendu, plus d'originalité
que ses mots excentriques, que ses pointes acé-
rées des jours passés.

Comme on ne l'avait pas vue depuis trois
mois, on eut cent nouvelles à lui conter de la
ville, de la politique, des arts. Elle était toute
fraîche pour les histoires les plus anciennes, et elle
s'émerveilla d'apprendre à la fois tant d'anecdo-
tes qu'on prenait un si grand plaisir à lui redire.

Comme on lui demandait à la fin de la soirée
si elle éprouvait toujours le même éloignement
pour les femmes :

« Messieurs, répondit-elle, apprenez une fois
de plus que sur les transformations physiques
se greffent les transformations morales. Je prie
donc chacun de vous en rentrant chez soi de
dire à sa femme, à sa mère ou à sa sœur : Madame Guy Romain ne hait plus les jolies femmes
parce qu'elle est devenue leur égale. Mes amis,
ajouta Hélène, j'aspire maintenant à recevoir
des leçons de coquetterie, de féminité. J'ai honte
de tout ce que je sens encore en moi de bon
garçon. C'est une femme, une vraie femme, qui
vient de naître d'une fille laide et qui demande
à se débarrasser de ses langes. Elle veut ap-

prendre à marcher, il faut lui amener vos sœurs, vos compagnes et vos mères pour la guider ! Que nul d'entre vous ne me fasse le déplaisir de venir seul samedi prochain.

— Écrirai-je à Guy le récit fidèle de cette soirée ? demanda le jeune peintre qui, depuis quatre mois, envoyait tous les dimanches à Vérone un compte rendu des faux samedis d'Hélène. J'ai dissimulé, menti, dans chacune de mes lettres en parlant de vous, madame. Puis-je être véridique cette fois?

— Guy vous a-t-il répondu ?

— Oui, chaque semaine, par un mot sur une carte, il m'a remercié. Mardi dernier seulement j'ai reçu une longue épître et je ne sais si je dois solliciter de vous le pardon qu'il me prie d'obtenir, car il confesse ne vous avoir écrit encore qu'une seule fois.

La jeune femme répliqua, non sans colère :

— Je vous dicte publiquement, mon jeune ami, la déclaration que vous voudrez bien envoyer au plus oublieux, au plus infidèle des

maris : « La belle madame Guy Romain ne répond dès aujourd'hui qu'aux plus tendres billets doux ! »

— La leçon pour l'absent est-elle une autori-
sation pour les personnes présentes ? demanda
un audacieux.

— Sera-t-on admis à faire sa cour ? ajoutèrent
plusieurs voix émues.

Hélène riait de tout son cœur.

— Messieurs les habitués, répliqua la jeune
femme en se plaçant au milieu du salon : Ran
tan plan, tan plan ! (Et elle tambourinait dans
le vide avec ses jolis poignets.) Vous êtes prévenus qu'avec ma permission, si vos cœurs sont
prêts à s'enflammer, vous pouvez les allumer.
Vous êtes priés seulement de faire deux parts
de vos feux : la première pour moi, la seconde
pour Guy. L'une doit servir à m'incendier ;
l'autre, vous la glisserez, s'il vous plaît, dans une
enveloppe d'amiante, et vous l'enverrez à l'a-
dresse de M. Romain, le Véronèse.

— Que vos flammes rôtissent le balai de ce

libertin, ô jeunes hommes, dit Martial, et qu'il connaisse les brûlures cuisantes de la jalousie !

— Qu'il nous revienne, et qu'il nous donne le spectacle d'un mari amoureux ! continua Romain.

— Amoureux, répéta Hélène, et...

— Et... et ? cria le chœur des amis.

— Et... contrarié dans ses amours !

— Contrarié seulement ? demanda le correspondant de Guy. C'est peu.

— Si je vous disais la fin de mon histoire, vous ne vous intéresseriez à aucune de ses péripéties, ajouta gaîment la jeune femme. D'ailleurs, si vous voulez que je sois franche, je conviens que je ne sais pas moi-même le dénouement que je désire.

Là-dessus, chacun, selon son intérêt ou son désintéressement, discuta le cas spécieux de Guy comme époux. Ceux qui projetaient de faire une cour sérieuse à sa femme déclarèrent que le peintre, cavalier servant de la marquise Julia, incapable d'ailleurs d'éprouver un sentiment

fidèle, s'était rendu indigne de l'amour d'Hélène.
Ceux qui chérissaient leur camarade émirent le
vœu qu'il lui fût beaucoup pardonné quoiqu'il eût
beaucoup aimé. Mais, au fond, tous ces artistes,
avec leur tempérament de spectateurs, pen-
sèrent: « Il faudra voir jouer cette comédie-là! »

Hélène parla de donner le mois suivant, pour
fêter sa guérison, une fête semblable à celle
qu'elle avait donnée pour l'inauguration de son
hôtel. Tous l'engagèrent à y convier son mari.
Elle pria Romain d'écrire à son fils et celui-ci
accueillit avec des transports de gratitude l'au-
torisation de rappeler Guy au nom de sa femme.

Tout Paris sut le dimanche que la fille de
Martial, la laide, devenue belle, recevrait les
femmes de ses amis avec autant de bonne grâce
qu'elle avait mis de rudesse à les éloigner. Au
samedi suivant les plus curieuses et les plus jolies répondirent à l'invitation d'Hélène. Madame
Guy Romain s'aperçut que les femmes sont, autant que les hommes, charmées par la bienveillance, qu'elles adorent l'esprit, que la plupart

15

reconnaissent sans effort la supériorité, et savent
admirer la beauté. Elle sentit qu'il y a dans l'a-
mitié féminine un abandon, une confiance,
quelque chose de rassurant, sinon d'assuré, qui
repose le cœur.

Hélène fit des visites avec son père et avec
Romain. C'était un événement pour un salon que
l'arrivée de deux artistes aussi célèbres, aussi
admirés, aussi peu connus personnellement que
le peintre et le sculpteur. On ne les avait jusque-
là rencontrés nulle part que chez eux, et l'on
sut gré à la jeune femme de les conduire dans
un milieu toujours avide de voir et d'entendre les
hommes exceptionnels.

Le samedi suivant était si nombreux qu'Hélène imagina d'ouvrir la galerie et de faire danser les jeunes gens. On revint, et il fut de mode
d'aller chez madame Guy Romain, dont tous van-
tèrent le luxe de bon goût, l'affabilité spirituelle,
les grandes manières, l'intelligence artistique et
la beauté.

Hélène jouit de ses succès avec le plaisir naïf

d'un enfant. Elle s'occupa de sa toilette, tenant
par-dessus tout à sa réputation d'élégance et de
distinction. Madame Claire et son tailleur lui
firent des robes aussi simples qu'elle le voulut.
Nul ne l'excita plus à l'originalité. A quoi sert
d'être excentrique lorsqu'on est très-belle? L'une
de ses plus chères distractions était de s'habiller
pour elle-même, d'avoir l'agrément de se parer.
Le sourire, les flatteries l'accompagnèrent partout. Plus d'une fois elle sortit seule dans la rue
et recueillit avec ivresse le témoignage d'admiration des plus humbles passants. L'insignifiante
promenade du Bois ne la fatigua plus, elle qui
s'était si vite lassée de faire le tour du lac. Il
lui sembla que la curiosité des autres alimen-
tait la sienne.

Accablée de félicitations toutes nouvelles pour
ses oreilles, la jeune femme trouvait poétique
le compliment le plus vulgaire. Tant de louanges
offertes en masse prenaient par la quantité une
importance qu'elles n'avaient certes pas en qualité. Le nombre des amis d'Hélène s'accrut comme

par magie. On eût dit les grains de millet qui
croissent et se multiplient dans les gobelets de
Robert-Houdin. Elle s'émerveillait chaque jour
d'inspirer des affections si passionnées et si su-
bites, elle qui avait mis vingt ans à se faire un
peu aimer de Guy et de Romain. Et c'étaient
bien des amis à elle, non ceux de son père, de
son beau-père, non des camarades de son mari,
mais les siens, ses dévoués amis, tous galants,
presque tous amoureux.

L'adulation présidait aux rapports d'Hélène
avec le monde entier. Les femmes elles-mêmes,
en s'adressant à sa charité pour leurs bonnes
œuvres, ou en faisant des démarches pour être
admises à ses brillants samedis, lui parlaient de
sa beauté. Combien reçut-elle de lettres pleines
d'allusions à la noblesse de sa tournure, à l'éclat
de son teint, à la douceur rayonnante de ses
yeux. Toutes les déesses, toutes les nymphes
sculptées par Martial suffirent à peine aux com-
paraisons mythologiques des adorateurs de la
jeune femme.

Il plut à verse des déclarations, des vers, des bouquets à Chloris, des fleurs, des portraits, des dédicaces à l'hôtel de l'Avenue du Bois. Hélène, gloutonnement, dévora tout sans rien goûter. Elle confondit le meilleur et le plus médiocre, et cette fade ambroisie, que les femmes, réduites à en faire leur nourriture répétée durant de longues années, déclarent si écœurante, lui parut un mets divin. Madame Guy Romain se persuada qu'on ne peut jamais éprouver la satiété, le dégoût de l'admiration. Ce qui fait dire à presque toutes les jolies femmes, au début de certaines phrases : « Assez, de grâce, » lui faisait dire à elle : « Je vous écoute! » Ses yeux rieurs et insatiables, regardant la fumée de l'encens sortir de la bouche de ceux qui la louaient, semblaient ajouter le mot encore, encore, au merci, que, sans fausse retenue, elle répétait à ses adulateurs.

Hélène eut pourtant un esprit si malin au milieu de ses naïvetés qu'elle stimula la gaîté de son entourage sans jamais prêter à rire. Sa beauté un peu parvenue, un peu brusque,

n'eut point le mauvais goût de tourner à l'infa-
tuation, à la pose ou au sentimental.

.Une lettre de Guy lui vint un jour, non sans
lui causer, au début de sa lecture, de l'étonnement et une sorte de dépit. Ne tenant aucun
compte de ce que lui avaient écrit ses camarades.
et imaginant quelque plaisanterie convenue, quelque accord pour le berner, quelque scie, comme
disent les peintres, il ne prenait pas même la
peine d'y répondre ou de s'en défendre. Il con-
tinuait imperturbablement le récit de ses amours,
déjà commencé dans cette longue épître que Romain avait déchirée sans l'achever le jour du
suicide d'Hélène.

« Puisque tu permets les billets doux, écrivait Guy, accusant par ce seul trait réception des
nombreuses lettres qu'il avait eues de ses amis,
je veux réjouir ta haine des jolies femmes, et te
faire, ma chère et impitoyable laide, le récit
de tes vengeances nouvelles. Le destin, aux ri-
gueurs duquel tu applaudis si cruellement, me
choisit comme justicier, mais cette fois il éprouve

le bourreau, pour le moins autant que la victime.

» Sache donc, camarade, ma dernière histoire, puisque tu as su toutes les autres : je retrouvai mon amante, épousée à la façon milanaise, et je pris avec joie possession de la séduisante charge, des précieuses fonctions de cavalier servant. Partout je conduisis, j'accompagnai ma dame, la ramenant à mon heure et à la sienne, qui étaient celles du berger. Je l'avais chez moi, à moi seul, deux jours par semaine, dans un adorable hôtel du temps des Scaliger, et du style le plus galant.

» Mais suppose, Hélène, une aventure menée comme un mariage, sans fantaisie, sans surprise, sans trouble romanesque, sans imagination possible, sans caprice, sans difficulté, sans exigence, sans émotion, avec une femme sans esprit! Celle qui m'avait ensorcelé par son orgueil, par sa tyrannie, par son étrangeté, par ses scrupules, par les préjugés de sa caste, par son insolence, devint tout à coup exacte, habituelle, paisible, ordonnée, facile, insupportable de tran-

quillité : « Puisque nous sommes heureux,
pourquoi nous agiter ? » répétait-elle sans cesse.

» La marquise a cinq terres, deux palais. Elle
habite tour à tour Vérone, Milan ou ses cam-
pagnes. Je suis obligé de m'installer partout aux
alentours de ses domaines, et je passe mes jours
en dérangements, en agitations, pour jouir avec
régularité des faveurs d'un amour uniforme,
admis par les amis de ma dame, contresigné par
son mari, et servi par ses serviteurs ! Le besoin
d'impressions variées me poussa un beau matin
hors de ce bonheur comme la faim pousse le
loup hors du bois. J'eus des vapeurs, des bou-
deries, des reproches, et nos querelles commen-
cèrent. Je fus mal pour le mari de ma maîtresse
que sa femme estime, avec lequel elle règle sa
maison, administre sa fortune, tient son rang,
avec qui elle reçoit, qui est chez lui chez elle
comme elle est chez elle chez lui, dont elle porte
le nom, qu'elle aime de certaine manière et que
je suis forcé de respecter ! Homme de grande
lignée, de grandes façons, très-délicat, quoique

de mœurs anciennement légères, il est calme de
tout le calme acquis dans une longue existence
de plaisirs recherchés et satisfaits. Il porte avec
verdeur soixante-huit ans sonnés. Ayant épousé,
dit ce prince, la vue d'une jolie femme, il est
galant avec elle dans le monde, lui baise la main,
lui fait la cour. Tout cela a un bel air de vieille
noblesse, mais tout cela m'irrite et m'ennuie.
Je tourmente ma princesse, je l'indigne, jusqu'à
ce que blessée elle retrouve son insolence. J'ai
alors le regret de mes injustices et la joie inef-
fable de ses pardons. Je dois renoncer à la rendre
jalouse ; elle est trop sûre de sa beauté, et j'i-
magine que son mépris précéderait sa haine, si
elle me croyait capable d'une infidélité. Elle est
si certaine, dans son orgueilleuse sérénité, de
n'avoir pas à redouter mes inconstances, qu'elle
ne s'en prend qu'à mon éducation, à mon caractère, point aux désirs de mon cœur, et que je
ne peux la troubler ni par un soupçon ni par
une amertume.

» Hélène, je suis las de tant de douceurs ! Je
15.

rêvais une femme indomptée, extraordinaire, une créature changeante, volontaire, impérieuse, une grande dame me faisant subir des épreuves, m'envoyant à des tournois, cruelle comme une Italienne des grands siècles, enfin un être un peu divers ! Hélas ! trois fois hélas ! sais-tu, camarade, que ce qui manque le plus aux femmes en amour c'est l'intelligence, et surtout la curiosité. Lorsqu'elles se donnent, on dirait qu'elles se jurent de ne jamais se reprendre. On sait par cœur la plus étonnante en huit jours. Dès qu'elles se livrent elles s'interdisent tout secret, tout mystère, et croient que la confiance est en amour le premier des biens. Or, moi, j'ai l'horreur de la sécurité, mère de tous les plaisirs banals. J'eusse aimé longtemps, toujours peut-être, une femme qui m'eût inspiré une inquiétude perpétuelle, que je n'eusse jamais été certain d'avoir conquise sans retour. Aucune de mes amoureuses, Hélène, ne m'apportera donc un peu de cette mobilité, de ce particulier, de ce variable, de cet ondoyant que je leur prodigue,

dont elles sont si friandes au début de mes amours,
et qui les harcèle au moment où leur uniformité
m'excède.

» Chère originale, durant les semaines que
j'ai passées près de toi, ton humeur, aussi changeante que belle, me ravissait. Quel trésor iné-
puisable de fantaisie tu dépensais chaque jour !
J'étais sans cesse surpris par le nouveau, le re-
nouveau de tes arrangements, de tes projets, de
tes découvertes, de tes trouvailles, pour occuper
un seul soir, et forcer le lendemain à être autre
chose que la veille. Je ne savais jamais ce que
tu allais être, ce que nous allions ou faire ou
dire, ou voir, ou désirer, ou réaliser, et j'igno
rais avec délices ce que j'allais être moi-même.
Je me comparais à un cheval de race qui, merveilleusement conduit, reçoit comme une ca-
resse le léger coup de fouet dont une main souple et fine rase son col, et qui part, invité plus
qu'obligé à la course. Tantôt sceptique et amère
avec cet air de bravoure qui te donnait, mon
camarade, des façons de blasée, tantôt orgueil-

leuse de tes défauts, et cherchant de chastes supériorités dans ta laideur, tantôt chimérique,
tantôt sensée, tour à tour indulgente et rude,
jugeant le reste du monde à travers ta jalousie
de la beauté des femmes et cependant osant dire :
« Je défie les plus grands artistes d'avoir pour
» le beau inanimé plus d'admiration que moi ! »
O mon amie, tu me manques et tu es bien peu
remplacée ; aie pitié de ma désillusion, pardonne à mon silence, écris-moi, rappelle-moi.
La rupture de mon ban de cavalier servant est
imminente. J'avais espéré dans ma liaison véronèse une telle richesse d'imprévu, que sa mono-
tonie me jette dans la plus grande misère. Décidément les bonnes fortunes ruinent mon cœur.
Je veux réparer mes pertes avant de risquer ma
dernière obole d'amour dans une dernière aventure. Ne t'ai-je pas, Hélène, pour compagnon
de ma solitude ? Autrefois, à chaque écroulement
de mes joies, je fuyais au bout du monde pour
échapper à la vue de désastres toujours plus ir-
réparables à mesure qu'ils s'ajoutent à d'autres.

Maintenant, ma consolatrice, c'est ton aide que j'implore, ton secours que je réclame.

» Je te prie, ou de me donner rendez-vous en Italie, ou de me recevoir à Paris chez toi. Il me tarde de serrer ta main fraternelle. Viens, ou fais-moi venir !

» A toi, plus qu'à ma belle,

» GUY ROMAIN. »

Hélène lut et relut cette longue lettre, ce mémoire. Quoi, en ce moment, la croyant laide encore, son ami d'enfance la préférait à cette admirable Véronèse plus sensuelle qu'amoureuse, plus ardente qu'enflammée. Guy se souvenait des jours passés auprès d'Hélène, il les regrettait auprès de la plus séduisante des princesses italiennes ; quel triomphe pour sa tendresse passée ! Tous les désintéressements ont donc un jour leur récompense ? Elle eut, durant une seconde, le regret d'être si belle. Laide, elle s'en fût allée tenter de séduire à force d'esprit, à force d'art, à force de dévouement cet amoureux rassasié de l'insuffisante beauté.

Mais Hélène, belle, indignée des passions de Guy, irritée contre des faiblesses, dont elle avait été la confidente et qu'elle avait feint d'autoriser, rêva de punir, non d'absoudre. Sa vengeance rétrospective se souciait fort peu d'être logique, et n'avait qu'un désir, celui de s'exercer au plus vite. Laide, elle s'était reprochée comme un crime d'être bonne ; belle, elle s'encourageait à être méchante. Si elle eut quelques scrupules, ils furent bien légers.

« L'univers ne vaut pas une hypocrisie vis-à-vis de soi-même, se dit-elle. Quand on a le cœur placé haut, quelles que soient les contradictions qu'on y découvre, on peut toujours s'en donner des raisons qui n'abaissent point. »

Or, ces raisons, où les puisait madame Guy Romain ? Dans son ancien amour ? Mais aimait-elle encore ?

Depuis qu'Hélène répandait sur tous son charme, distribuait sa grâce, semait en fines ga-

lanteries ses émotions, devenait coquette enfin,
elle cessait d'être amoureuse. Libre, comme les
jolies femmes croient toujours l'être, certaines
qu'elles sont de trouver des défenseurs intéres-
sés de leur indépendance, madame Guy Romain
sourit à l'idée d'être pour son mari bien plus
une épreuve qu'une consolation.

Elle parcourut encore une fois en se couchant
la lettre du pauvre séducteur de marquises bourgeoises, puis elle se glissa dans son lit, évoqua
un à un les souvenirs du jour où son impertinent
camarade lui avait proposé ce singulier mariage.
Elle se remit en présence de ses humiliations,
de ses révoltes, de sa torture. Celui-là même
qui insultait à sa laideur quatre mois aupara-
vant allait peut-être bientôt faire injure à sa
beauté, parler de ses droits d'époux, après avoir
si lestement banni tout devoir de son union conjugale.

La jeune femme rit d'un air dédaigneux, dont
elle écouta le son pour bien se convaincre que
le retour de Guy, au lieu de l'attendrir, provo-

querait ses inimitiés les plus résolues. Il y a,
pensait Hélène, dans une certaine cruauté de
sentiments à l'égard de celui qu'on a aimé sans
qu'il vous aimât, et qu'on a la ferme volonté de
ne point aimer lorsqu'il est prêt lui-même à devenir amoureux, une certitude de force, une
reprise de possession de soi, une supériorité,
quelque chose comme une revendication, comme
une victoire.

Les jolies femmes adorent de manger brûlant
le plat de leur vengeance, et jamais le risque de
déplorer plus tard leur trop grande hâte n'arrête
leur bravoure. Dans un acte hardi, qui inflige
une défaite à l'outrecuidance masculine, certaines natures très-féminines rencontrent des
excitations dangereuses. La tentation du courage
les grise, et il advient qu'elles confondent la
justice avec la peine du talion.

Hélène, toute fière de ce qu'elle crut de l'audace noble, et qui n'était peut-être que de la colère contre le passé, répondit à Guy Romain :

« Mon pauvre frère, je refuse ton rendez-vous.

Je ne suis plus faite pour être appelée en Italie,
mais pour y être conduite quelque jour par un a-
moureux, à moi! dans un doux et poétique voyage.
Que tu l'admettes ou non, je n'ai plus la figure
d'un pis-aller. Si tu reviens à Paris tu ne des-
cendras pas chez moi. Tu es le seul galant auquel j'interdise toute galanterie. Or, tu as des
habitudes telles avec la beauté, que madame
Guy Romain elle-même pourrait n'être pas protégée par son titre d'épouse contre tes entre-
prises. Tu comprendras qu'il serait pénible à ta
femme de t'interdire sa maison si tu y étais en-
tré, et si, oublieux de tes conventions matrimo-
niales, tu te permettais de lui faire la cour.

» J'inaugure le 15 décembre ma belle personne, plus solennellement encore que je n'ai
inauguré mon bel hôtel il y a quatre mois. Si
tu veux quitter ta princesse véronèse pour ne
la revoir à Paris qu'en peinture, considère-toi
comme un invité à ma fête, et rien de plus!

                              » HÉLÈNE. »

Le correspondant de Guy, par une lettre re-
vêtue de toutes les signatures de leurs amis
communs, invitant le jeune homme après Hélène,
lui enjoignit de n'arriver qu'à minuit chez sa
femme. Une garde sévère, d'ailleurs, veillerait
à l'exécution de cette consigne, ajoutait le camarade, les nombreux adorateurs d'Hélène étant
décidés à éviter le scandale d'une introduction
mystérieuse de son mari chez elle. Guy ne devait réintégrer le domicile conjugal que publiquement, comme il en était sorti. Au bas de cet
ultimatum trente-deux peintres avaient écrit
leurs noms.

Le cavalier servant crut plus que jamais à une
mystification, lorsqu'il reçut la lettre d'Hélène
et la pancarte de ses amis. Cette plaisante façon
de le rappeler lui convint. Inquiet de rentrer
chez sa femme en mari banal, il sut gré à ses
camarades de lui préparer un retour amusant.

Il s'ennuyait, et l'idée de revenir à Paris, de
revoir ses amis, son père, Martial, une fête
française, de la lumière, de la gaîté, de retrou-

ver celle qu'il ne lui déplaisait point d'avoir pour femme, et qu'il supposait embellie par ces succès dont on l'entretenait sans cesse, succès d'élégance, de charme excentrique, d'art mondain, tout cela le ravit, et le détacha plus aisément de ses trop fades amours.

Il répondit à son tour ces simples mots à ses amis:

« Quelque surprise qu'on me réserve, je devine que ce sera spirituel et parisien. Je m'y prépare donc pour mieux m'y prêter. A minuit sonnant, le 15 décembre, je jouerai le retour du mari suppliant au milieu de vous tous, bonnes pièces ! »

Hélène, gaie, active, secondée par tous ses adorateurs et sans émotion à la pensée de sa prochaine entrevue conjugale, prépara l'une de ces réceptions dont Paris même se souvient dix ans. Elle commanda dans le midi pour son salon blanc et or des caisses de mimosas aux branches flexibles, aux feuilles délicates, aux boules jaunes si abondantes qu'elles font plier les tiges sous le poids des fleurs.

Ce fut Martial qui se chargea de la décoration
du salon rouge. Il plaça la fameuse statue d'Hélène fille de Léda au milieu de la pièce sur un
haut piédestal, entouré d'arbustes. Cette statue
d'Hélène Dioscure, faite d'après Hélène, femme
de Martial, était devenue l'image de la belle
madame Guy Romain. La salle à manger devait
être tout enguirlandée de pampres véritables,
avec leurs raisins accrochés. Dans la galerie les
tableaux avaient disparu pour faire place à des
ornements de fleurs artificielles entremêlés de
lanternes vénitiennes. Seule, la femme rose, sur-
nommée ainsi par Romain, se tenait debout dans
son cadre au fond de la salle de bal, comme si
elle devait être en portrait la reine de la fête.

Hélène, avec une préméditation quelque peu
méchante, désirait faire savoir à Guy, aussitôt
son entrée chez elle, qu'il y trouverait présente
sa passion italienne. Cette maîtresse, introduite
dans la maison d'un camarade, demeurerait malgré Guy sous le toit conjugal, et l'en chasserait
au besoin. La princesse-marquise abandonnée à

Vérone, régnait encore triomphante à Paris.

Madame Guy Romain décida que sa toilette serait une robe en satin de deux tons harmonieusement fondus, blanc sur blanc, l'un jauni, l'autre clair. Le corsage, la jupe furent ornés de biais en draperies sur lesquels coururent des branches de mimosas naturels. Autour du cou et des bras de la femme s'enroulaient de fines perles d'or, comme en portent les femmes de la grande Grèce.

Quand Hélène reçut ses invités dans ce boudoir, dont les murs étaient recouverts de fleurs semblables aux fleurs de sa robe, elle fit une impression extraordinaire. On eût dit que, détachée par magie de la tenture, elle allait y rentrer après une courte apparition.

L'attrait de cette fête, son intérêt de curiosité pour les femmes surtout, c'était le retour de Guy Romain. On avait tant causé du mariage d'Hélène, de son abandon, de sa maladie, que tout le monde savait son histoire aussi bien qu'elle. On n'ignorait rien, pas même le billet

du mari qui croyait sa femme encore laide, et
s'attendait à une mystification le soir de son
arrivée.

Des discussions interminables, jusqu'à des
paris engagèrent chaque invité d'Hélène dans
une opinion si passionnée que pas un ne man-
quait à onze heures le 15 décembre dans les salons de madame Guy Romain. On prit place, on
se mit en file dès la porte de l'antichambre, pour
voir passer le mari. Les uns rêvaient une ova-
tion, les autres proposaient de feindre des ré-
sistances à son entrée. Plusieurs parlèrent de
s'emparer de sa personne et de l'amener aux
genoux de sa femme.

Hélène rit de tous ces projets et y applaudit,
ne se prononçant pour aucun, laissant à ses amis
la liberté d'opprimer celui que tous avec sa femme
nommaient l'époux infidèle.

Mais Romain veillait. Il parvint à déjouer les
machinations des jaloux.

Hélène, vers minuit, se sentit moins calme.
Une angoisse d'abord assez vague, puis tout à

coup les battements précipités de son cœur, l'a-
gitèrent singulièrement. A mesure que le moment solennel approchait, la jeune femme était
plus inquiète, plus troublée.

Voilà ce qu'elle n'avait pas prévu : l'émotion
de la présence ! Guy ne lui était certes point indifférent, puisqu'elle se croyait des griefs contre
lui, mais ces griefs, si elle supposait qu'elle dût
les oublier un jour, c'était lentement, après
bien des épreuves et non en une minute, à la
seule vue de son ami d'enfance.

Surprise de sa faiblesse, irritée contre celui
qui la provoquait, la jeune femme, dès qu'on
signala son mari, s'enfuit à travers les salons jusqu'au fond de la galerie, sous le portrait de l'I-
talienne rose, comptant retrouver là sa vaillance.
Un peu rassurée par la distance qui la séparait
encore de Guy, et par le voisinage de la marquise, Hélène s'efforça de réveiller son orgueil.
Elle parvint à se persuader que le trouble de
son mari en la voyant serait plus insurmontable
que le sien. La jeune femme se promit d'attendre

Guy Romain auprès de la Véronèse. Son père, qui l'avait suivie et qu'elle interrogea, ne fut point d'avis qu'elle demeurât immobile sous le portrait. Il lui conseilla de faire quelques pas au-devant du coupable, ajoutant qu'ainsi le fils d'un grand peintre pourrait admirer de loin, non-seulement la beauté mais la démarche olympienne de la fille d'un sculpteur.

Des bravos éclatèrent de proche en proche, comme des cris de garde, et avertirent Hélène de la marche de l'époux.

Le jeune homme, s'imaginant toujours qu'on allait le soumettre à quelque épreuve, et refusant de croire à la nouvelle métamorphose d'Hélène, d'abord belle, puis laide, puis belle de nouveau, se présenta gaiement à ses amis.

Cependant, comme il traversait les premiers groupes des invités, plusieurs jolies femmes lui souhaitant la bienvenue l'accueillirent d'un air si apitoyé qu'un premier doute lui traversa l'esprit, et que tout pâle il s'écria :

— Si c'était vrai, si Hélène était redevenue

belle, prenez garde, mon émotion serait trop brusque, trop forte je ne suis pas assez préparé...

— Mais c'est vrai, je te dis que c'est vrai ! s'écria Romain qu'on éloignait de son fils.

Le jeune homme, prisonnier au milieu de ses camarades, fut pour ainsi dire transporté de la serre dans le salon rouge. On le mit en face de la statue de Martial.

— La voilà ! cria-t-on de toutes parts.

— Très-bien, répliqua Guy en riant ; j'ai cette fois le mot de l'énigme.

Il s'approcha moqueur de l'Hélène Dioscure, lui baisa la main.

— Elle est très-belle ! dit-il. Je l'épouse en secondes noces ! Et ce ne sera pas le premier bloc de marbre qu'un homme possédera, n'est-ce pas, mes amis ? Cette Hélène est-elle quelque Vénus d'Isles ? M'oblige-t-on à lui mettre au doigt un anneau nuptial ? Je suis prêt, si c'est là l'épreuve que je dois subir.

— Il ne soupçonne rien ! s'écrièrent des voix

16

dans la foule. Va-t-il être assez puni tout à l'heure ? Vite, vite, qu'on lui montre la belle des belles.

On pressa le jeune homme d'avancer vers la galerie où Hélène s'était réfugiée. Mais sa marche, ralentie par les curieux, devenait difficile. Romain, à force de ruses, parvint à se rapprocher de son fils et lui prit le bras.

— Est-ce que cette comédie t'amuse, père ? demanda Guy, secrètement troublé.

— Une comédie ! répéta Romain tout tremblant. Hélène est plus séduisante, plus admirable que la plus jolie d'entre celles qui nous entourent. Cependant combien de beaux yeux moqueurs te narguent ! Je t'en supplie, mon enfant, ne va point commettre d'imprudence. Hélène est aujourd'hui plus orgueilleuse encore que belle. Le bonheur de notre vie, le tien, surtout ! peut être fixé ou détruit par tes premières paroles à ta femme. Observe-toi, et tais-toi si tu te sens trop bouleversé.

— Mon père, jurez-moi qu'Hélène est belle,

très-belle. Hâtez-vous de me' répondre. Il me
faut au moins une seconde pour réfléchir à ce
que je vais éprouver, balbutia Guy.

— Sur mon honneur, je te le jure! dit le
vieillard.

Guy ferma les yeux. Il chercha dans un lointain vague le souvenir du beau visage de son
amie d'enfance. Un attendrissement inexpri-
mable saisit le jeune homme. Il eut peur de dé-
faillir.

— Regardez, c'est elle! cria la foule des invités d'une seule voix.

— Regarde, mon fils! dit Romain.

Hélène se détachait seule au milieu d'une
haie pareille à celle qui s'était ouverte sur le
passage de Guy à son entrée dans l'hôtel. On le
mit en face de sa femme comme en face de la
statue de Martial. Elle marchait, il s'arrêta.

— Arrête, Hélène, s'écria le jeune homme,
arrête, si c'est toi. Je deviens fou! Oui je te retrouve, ma première tendresse, mais grandie,
ressuscitée, embellie. Recule! Ce que je ressens

m'épouvante par sa violence. Vous me faites une joie affreuse, vous êtes tous sans pitié. Vous auriez dû me prévenir autrement de ce miracle !

— On te l'a écrit, on te l'affirmait, maintenant on te le prouve ! dit Hélène de sa voix vibrante.

— On me le prouve ! répéta Guy, ne sachant ce qu'il répétait.

Mais il tressaille comme un homme pris subitement des frissons de la fièvre. Son regard, un peu égaré, devient fixe tout à coup. Il tire brusquement de sa poche un petit poignard corse, dont il jette la gaîne à terre. Il croise Hélène, qu'il paraît repousser, si bien que les invités jettent un cri d'alarme.

Guy s'est élancé vers le portrait de la marquise. Romain, Martial, Hélène, stupéfaits, le suivent des yeux et se demandent avec anxiété ce qu'il va dire ou faire. Le jeune homme bondit jusqu'à la toile. Il perce de cent coups de stylet la femme rose et tire avec une telle violence sur la corde que soutient le tableau, que le cadre éclate, et que la toile, lacérée, tombe en morceaux informes à ses pieds.

Hélène jette un cri de joie triomphante, qui se perd au milieu des applaudissements de l'assistance.

Après cette exécution capitale, Guy, animé, audacieux, conquérant, s'approche de sa femme et lui parle bas à l'oreille.

— Tu es belle entre toutes, murmure-t-il d'une voix passionnée.

Il la contemple d'un œil hardi, déjà vainqueur.

— Pourquoi m'être apparue dans cette foule? ajoute le mari. Si tout ce monde disparaissait, je serais à tes pieds.

— A mes pieds, Guy? tu ne l'oserais.

— Hélène, je l'oserais pour te dire que je retrouve en toi ma première passion, douce autrefois et qui peut être aujourd'hui même la plus ardente. Le veux-tu?

Elle tressaille et garde un silence dédaigneux.

Romain, voyant qu'un cercle de curieux se

formait autour d'Hélène et de son fils, courut à l'orchestre et fit jouer une valse.

— Valsons, Hélène, demanda Guy. Viens sur mon cœur, viens dans mes bras !

Et, avant que la jeune femme fût remise de l'appréhension que lui causait cet emportement de son mari, celui-ci l'entraîna au milieu des danseurs éperdue, chancelante.

Hélène depuis peu avait appris à valser, mais elle n'avait valsé encore qu'avec un vieux maître à danser. Toutes les terreurs d'une femme qui, malgré ses vingt-cinq ans, n'a jamais senti un bras amoureux l'enlacer, Hélène les ressentit dans leur angoisse virginale. Entraînée, étourdie, emportée dans le tourbillon d'une course folle, pressée contre la poitrine de Guy, brûlée par son souffle, elle se défendit, se révolta, tandis qu'il s'abandonnait enivré.

— Laisse-moi ! dit-elle enfin d'un ton impérieux à son cavalier.

Il s'arrêta.

— O mon enfance, ô ma jeunesse, ô mes pre-

miers plaisirs d'amour, ô mon idéal de beauté,
je vous retrouve et je vous bénis ! murmura le
séducteur, séduit encore une fois. Hélène, ne
m'as-tu donc jamais aimé, toi ? N'es-tu pas redevenue belle, pour me reconquérir ? ajouta-t-il.
Conviens qu'il te plaît de me plaire.

— Si je t'avais aimé, camarade, répondit-elle
moqueuse, lorsque tu étais pour moi un raisin
trop vert, j'aurais perdu le goût de cet amour
depuis qu'ayant trop mûri au soleil italien tu
m'as paru dévoré par les guêpes et gâté !

— La corruption est une maladie comme la
laideur, Hélène. Une fièvre purifiante peut en
triompher tout à coup, la guérir ; et cette fièvre,
je la sens, je l'ai, elle gonfle mes artères, les fait
palpiter.

— Chut ! chut ! répondit-elle. J'ai bien senti
à tes étreintes que tu n'es pas blasé sur la passion ; mais que veux-tu que je fasse de cette fré-
nésie, moi qui ne suis pas même initiée aux
paroles de tendresse des amants ? Je n'éprouve
que des répulsions violentes pour l'amour que

tu songes à m'offrir dès ce soir peut-être, si j'accepte chez moi ton retour en mari ! Lorsque j'aimerai, Guy, je chercherai avec lenteur l'émotion dans un cœur amoureux. Je suivrai, degré par degré, l'éclosion de ce que j'aurai fait naître et de ce qui pareillement naîtra en moi. Je ne veux pas des leçons cent fois professées, qui éblouiraient mon ignorance, me donneraient un maître là où je n'entends être ni une élève, ni une esclave, ni une épouse.

— Que seras-tu, la reine ?

— Non, une amante.

— Eh bien, soit, si je suis l'amant.

— Toi ! tu es le mari !

— Hélène ! s'écria-t-il douloureusement. Crois-tu donc avoir à te venger de moi ? Est-ce une torture, ou une épreuve, que tu m'infliges ? Veux-tu me voir faire la figure d'un sot ou d'un fou ? Tu es femme, tu es belle, sois courageuse ; ose dire ce que tu penses, ce que tu désires.

— Je désire un amour qui n'ait été ni cent fois donné, ni cent fois repris. Je refuse donc le

tien comme trop misérable parce qu'il a sans cesse
été joué, regagné, engagé, racheté, diminué,
abaissé, au point d'avoir perdu en ses cours variables toute valeur.

Guy, hors de lui, s'éloigna brusquement d'Hélène. Son père, voyant qu'il traversait la foule
comme un homme ahuri, le précéda et lui ouvrit les rangs curieux des invités.

Le fils de Romain, plein de colère, ne se redisait qu'un mot : Je suis le mari ! La chose,
pour en être surprenante, n'en était pas moins
réelle. Peut-être Guy, exaspéré, prenait-il son
exaspération pour de la souffrance? Le roué essaya de se maîtriser, il alla jusqu'à faire un effort de scepticisme pour rire de l'aventure. La
situation avait sa bouffonnerie. Mais le côté plaisant se voila bien vite aux yeux du mari éconduit. Son expérience lui fournit un avertissement
sincère. Il se dit que le premier adorateur venu,
comme il l'eût habilement fait lui-même dans
une circonstance analogue, pouvait exploiter
l'orgueil d'Hélène, abuser de la naïveté de son

cœur, et lui prendre sa femme à lui, Guy Ro
main, tout comme à un autre ! Ainsi, l'on verrait,
non sans beaucoup rire, le plus merveilleux des
hommes à bonnes fortunes devenir un vulgaire
mari trompé !

N'appartenait-il point d'ailleurs par sa conduite passée à cette tribu des séducteurs contre
lesquels le monde autorise les représailles? Il
se dit qu'Hélène certainement l'avait aimé lorsqu'elle était laide, pour le traiter comme elle
venait de le faire, en ennemi ! Et il eut peur.

Les femmes, auxquelles on s'est fort peu sou-
cié jusqu'ici de donner la notion élevée de leur
droit strict, cherchent, aussitôt qu'elles en ont
le prétexte, des revanches capricieuses, sans mesure, sans appel, sans justice.

Guy les connaissait bien, et il se vit tout à
coup avec désespoir dans le personnage du mari
d'une jolie femme adulée, entourée, convoitée.
Il revint sur ses pas machinalement et suivit
un instant du regard Hélène au milieu de ses
admirateurs. Elle lui parut avide de galanterie,

et il pensa qu'une beauté si subite était plus qu'une autre infatuée, par conséquent faible.

Une tristesse profonde s'empara de Guy. Aimait-il déjà ? N'avait-il aimé les autres femmes que parce que la sienne lui avait manqué ? Et maintenant qu'il la retrouvait, son amour se réveillait-t-il d'un long sommeil, reléguant ses aventures dans la brume confuse des mauvais songes ? Bientôt en son esprit tout ce qui n'était pas Hélène se mêla, se confondit, perdit ses contours distincts, son ordre de souvenir. Tandis que mille et trois figures réelles chassées, balayées par un grand souffle, s'effaçaient pour disparaître, les premiers rêves du jeune homme reprirent corps, et de bien loin reparurent avec la forme, avec le visage d'Hélène.

La crainte, la jalousie, le doute de soi, une douleur impatiente de consolations, assiégèrent Guy, le surprirent, culbutèrent sa confiance, et réduisirent à néant les ressources d'une stratégie ordinairement sûre d'elle-même. Vis-à-vis des femmes l'expérience d'un coureur d'aventures

est bien rarement en défaut. S'il a de la grâce,
de l'esprit, du charme, l'habitude aisée ou in-
solente de vaincre, il devient irrésistible. Même
prévenues qu'elles seront sacrifiées, les victimes
se disent : pourquoi pas ? Qu'un jour cependant
le plus roué des hommes rencontre, non une
femme, mais la femme, le sphinx, ce profond
mystère impénétré comme la nature même, cet
être doué de toutes les énergies qui palpitent
sous l'impulsion directe des germes et des sèves,
il frémit et résiste en vain au joug d'une puissance que le scepticisme ne peut nier parce
qu'elle s'affirme dans la sensation. Il y a de par
le monde plus d'une de ces créatures étranges
parce qu'elles sont inexpliquées, pétries de réel
et d'inconnu, douées de toutes les intuitions di-
vinatrices de l'idéal, héroïques, orgueilleuses,
cruelles, que l'amour divinise, que les destins
ont faites variables pour fixer. Si don Juan lui-
même passe auprès de l'une de celles-là, il es-
saiera en vain d'échapper à la magie ; c'est lui
qui aimera même avant d'être aimé.

Hélène sans doute était une de ces femmes
qu'on appelle la femme, car Guy se fût damné
pour la séduire en une heure, et pour renouer
à l'instant ses amours les plus anciennes à son
amour nouveau. Hélène le rappelait si bien à la
jeunesse qu'il en retrouva les emportements et
les enfantillages. Il tint à peu de chose qu'il
n'allât se jeter publiquement à ses pieds pour
confesser sa défaite, et qu'il ne criât bien haut :
« Cette femme que je viens d'aimer, tout de suite,
je m'engagerais pour la première fois de ma vie,
à l'aimer toujours ! »

— Mon fils, lui dit Romain à l'oreille, le spectacle de ton anxiété est un plaisir pour tes rivaux. Retournons chez moi.

— N'ai-je donc plus ici l'appartement qu'à
mon départ Hélène m'avait préparé ? demanda-
t-il. Je veux aller chercher là les preuves du
dédain de ma femme ou l'espoir de sa coquetterie.

Ils montèrent. Le dédain était visible. L'appartement fermé, négligé, prouva au mari qu'il

17

n'était point attendu et qu'il ne serait pas retenu.

— Il faudra me chasser alors, car je m'installe ! dit-il à son père, et c'est ici que je demeure !

Il sonna malgré les supplications de Romain, et, ordonnant, qu'on ouvrît les fenêtres, il envoya chercher la nourrice.

— Joséphine, lui dit-il, je suis descendu chez mon père ce soir pour me conformer aux exigences de la fête, mais j'entends, à l'heure qu'il est, me donner le plaisir d'habiter chez moi, auprès d'Hélène. Faites préparer ma chambre, ce salon, cet atelier. Qu'on aille chercher mes malles chez mon père, car je ne quitterai plus cette maison.

La nourrice hésitait.

— Joséphine, ajouta Guy, vous savez bien, vous qui l'adorez, qu'elle ne peut maintenant, belle comme la voilà, être heureuse avec un autre qu'avec moi ?

— Sans doute, Guy, mais il faut l'aimer. Le pouvez-vous ?

— Nourrice, répliqua-t-il la tutoyant comme il la tutoyait enfant, je l'aime, ainsi que je l'aimais lorsque je te rabâchais à toi mes déclarations pour elle, et que je te suppliais de lui apprendre à dire que j'étais son frère et que je deviendrais son mari. Te souviens-tu, comprends-tu ?

— Si je me souviens, si j'ai compris ! Depuis dix-huit longues années je n'ai attendu que ce mot-là !

— Et alors ?

— Je suis avec vous contre elle, pour elle, mon maître ; descendez, je vais vous faire installer chez nous, chez vous !

Il embrassa la bonne nourrice, qui l'avait élevé, lui aussi, et les mains dans les mains, les yeux dans les yeux, ils se jurèrent alliance.

Romain, abasourdi, s'écria dès que Joséphine fut sortie :

— L'aimerais-tu, vraiment, déjà pour de bon, si tôt ?

— Je l'aime — encore ! répondit le jeune

homme. J'ai quatorze ans, là, en moi, je les re-
commence, je les ressaisis, je les revis ! Le reste
n'est que mensonge et chimère.

— Hélas ! Guy, je crains qu'il ne soit trop
tard pour ton bonheur. Après avoir tant vu
souffrir Hélène par toi, vais-je donc te voir souffrir par elle ? La jolie femme ne t'épargnera
aucune des amertumes dont tu as abreuvé la laide.

— Comment, moi, ai-je fait souffrir mon unique
que amie, la seule femme que j'ai estimée, ho-
norée, chérie ?

— Oh ! c'est bien simple, et te voilà fait pour
comprendre d'un mot. Elle t'a passionnément
aimé d'amour jusqu'à cette fièvre qui lui a rendu
la beauté.

— Elle, Hélène, mon camarade, m'a aimé
d'amour. Oui, je l'ai compris tout à l'heure, la
laide osait...

— Tu oses bien te permettre, toi le libertin,
de...

— Taisez-vous, mon père, ne me prouvez pas
que je suis indigne !

— Devines-tu, Guy, recommença Romain, sa torture lorsqu'elle subissait tes odieuses confidences, lorsque tu lui proposais cet humiliant mariage ?

— Pauvre Hélène ! me pardonnera-t-elle jamais ?

— Je n'en sais rien ! Elle est si belle, si encensée ! Et puis, l'idée de rendre blessure pour blessure l'enchante, car elle a des férocités de son père. Elle se flatte de te faire éprouver sa souffrance. Heureusement tu es beau, toi !

— Elle me trouve laid, moralement. Elle me l'a dit. Je suis trop mûri, je suis gâté !

— C'est vrai, répliqua le vieux peintre avec violence, et je me fais pitié de m'attendrir sur toi. Tu seras puni, car tu mérites de l'être. A chacun son tour de subir le malheur, le chagrin, l'abandon !

Guy n'avait jamais vu son père que suppliant. Il s'émut de son irritation.

— Avez-vous donc tant blâmé ma conduite ? demanda-t-il.

— Blâmé! Qu'est-ce que le blâme? Un raisonnement dont un raisonnement triomphe. Blâmé n'exprime rien de ce que j'ai enduré de soucis, d'amertumes, de désespoir. J'ai pleuré plus d'une fois! Ni mon art, ni la gloire ne me consolaient, comme il t'a plu de le croire, ajouta le père. J'ai, avant tout autre amour, celui de la paternité; j'ai la passion de la présence réelle de mon fils. Je veux serrer dans mes bras celui qui a ma tendresse, qui seul peut l'échauffer en moi, et me fournir la douce occasion de la répandre. Je veux regarder de mes yeux celui qui vit de mes jours disparus, celui qui transforme ma vieillesse en jeunesse, mon épuisement en force; il faut, pour que je comprenne et pour que j'accepte le va-et-vient des choses, tandis que mes facultés décroissent, que je voie les tiennes s'accroître. A mon amour paternel, austère, j'ai sacrifié des jouissances faciles encore. J'ai dédaigné mes dernières flammes pour concentrer mon ardeur, mes espérances en toi, mon fils, esprit de mon esprit, chair de ma chair.

J'ai vu germer, pousser, grandir le surplus de
moi-même; je l'ai enrichi de ma richesse. Mais
voilà que tout à coup je suis resté appauvri,
tandis que mon fils me fuyait pour aller dépenser, gâcher, sans profit pour lui, ma fortune et
la sienne ! N'est-il pas légitime que je déclare
aujourd'hui son infortune méritée?

— Mon père, si vous vous étiez plaint? répliqua Guy, désolé. Je vous adorais, je vous
adore...

— Tais-toi, s'écria Romain avec colère, et
que se taisent avec toi, s'il se peut, les enfants
égoïstes, avides de leurs uniques jouissances.
Vous croyez tout rendre à qui vous a tout donné,
parce que les meilleurs d'entre vous se sentent
prêts, en cas de malheur, à quelque grand dévouement, à quelque acte solennel, public, de
soi-disant amour filial. Mais, vous le savez bien,
la paternité a rarement besoin de vos sacrifices ;
ce qu'elle réclame c'est la douceur des soins
constants; ce n'est point le miracle, c'est la perpétuelle bienfaisance. Nous le savons tous un

jour, lorsque de fils nous devenons pères, nous
ne voulons de nos enfants qu'une récompense :
la tendresse. Sais-tu ce que c'est que la tendresse, toi qui viens de passer plus de quatre
mois sans m'écrire ?

— Mon père, balbutia Guy.

— Tu oses te défendre ! Vas-tu me dire que,
si j'étais mort, tu serais venu m'enterrer?

Le fils de Romain se tut, mais ses regards
brillants et humides dévoraient le visage de son
père. Il buvait cette passion qui débordait du
cœur du vieux peintre. Joyeux d'inspirer un
tel sentiment, les deux mains tendues, les lèvres
frémissantes, prêt à ces embrassements dont Romain se plaignait d'avoir été sevré, Guy laissa
glisser de ses yeux deux grosses larmes qui tom-
bèrent lourdement sur sa poitrine.

Romain, transporté de joie par l'expression du
visage de son fils, s'écria :

— Guy, si tu savais ce que c'est que d'être
père !

— Je l'ignorais jusqu'aujourd'hui, murmura

le jeune homme. Mon cœur s'ouvre. Je ne soup-
çonnais pas que les dons généreux de la tendresse paternelle et de l'amitié qui me semblaient
si faciles, eussent besoin de tant d'échanges et
de tant de retour.

— J'ai cru parfois, dit Romain, que tu négli-
geais ma paternité pour la tienne, et que là-bas,
en Italie, un enfant...

— Non, non, répliqua vivement le jeune
homme. J'ai cherché tous mes plaisirs hors de
la famille. Maintenant je désire être votre fils,
je désire être père, être mari, puisque j'aime ma
femme.

— Ah ! mon enfant, je te répéterai ce que te
disait tout à l'heure la nourrice d'Hélène : J'é-
tais avec elle contre toi, je suis désormais avec
toi pour elle !

Et Romain serra longuement son bien-aimé
Guy dans ses bras.

— Remettons-nous, père, soyons calmes, reprit le jeune homme. Il nous faut du sang-froid.
Voyons ! aidez-moi à m'apaiser. Seul, je ne le

17.

puis. Ah ! j'ai beau faire, mon esprit n'est déjà plus libre. Réfléchissons bien. J'ai commis tout à l'heure une faute de passion vis-à-vis d'Hélène, je ne veux pas commettre, pour l'aggraver, une faute d'attendrissement. Retournons là-bas, près d'elle, au milieu de ses amis, dont quelques-uns sont encore les miens, ajouta le jeune homme avec amertume. Je vais jouer cette éternelle comédie de l'indifférence, qui réussit toujours avec ceux qui nous conservent un peu d'affection. Je saurai si les duretés de ma femme sont ou une antipathie définitive ou une simple punition.

— Emploie toutes tes ruses de roué, dit le père. Qu'elles te servent une fois à faire bien, pour que ton père les approuve.

— Est-il donc plus difficile de conquérir sa femme que de séduire celle des autres ? demanda Guy souriant.

— Peut-être, et ce n'est point moral ! ajouta Romain, qui lui aussi reprenait sa gaîté.

Guy marcha quelque temps de long en large

dans son appartement. Bientôt, maître de lui,
il quitta son père et descendit au milieu des invités d'Hélène, qui déjà triomphaient de son
absence et l'interprétaient comme une déroute.

Il chercha, parmi les femmes, l'une des plus
jolies, la choisit brune parce qu'Hélène était
blonde, puis l'invitant pour une valse, il la fit
élégamment tournoyer, en beau danseur qu'il
était. Ses amis et ses rivaux admirèrent à l'envi
sa bonne grâce, les uns enchantés qu'il n'eût
point la figure d'un sot dans le rôle qu'on lui
infligeait, les autres ravis de le voir s'occuper
d'une autre femme que de la sienne, et suppo-
sant, que, belle, il l'aimerait en camarade, en
frère, comme il l'avait aimée laide.

Guy, au contraire, ouvrait son cœur tout
grand à son vieil, à son nouvel amour. Les
flots impétueux de sa passion, dans les tour-
billonnements de la valse, retrouvèrent leur
véritable issue et rentrèrent dans les rives qu'ils
avaient fuies d'abord, et qu'ils avaient crues
comblées depuis. Après les orages de sa jeunesse

et la fatigue des débordements torrentiels, le
bonheur apparut à Guy sous l'image d'un ruis-
seau qui coule paisible et pur en un lit profond.

La valse achevée il ne remercia point la belle
valseuse et la promena dans le salon pour que
sa galanterie fût remarquée par Hélène.

Celle-ci, que la disparition de Guy avait
étonnée, puis irritée, puis blessée, aperçut son
mari causant et riant avec la plus belle de ses
invitées. Il lui rendait, ostensiblement, indifférence pour indifférence, dédain pour dédain ;
n'était-il pas libre ? Puisqu'elle avait repoussé le
premier élan d'une tendresse renaissante, puisqu'elle avait douté du réveil de son premier
amour, le séducteur incorrigible recommençait
sous ses yeux la série de ses bonnes fortunes.

Elle entrevit avec terreur la possibilité de
connaître, de recevoir quelque nouvelle maîtresse de son mari. Croyant le haïr pour le mal
qu'inconsciemment il lui avait fait, la jeune
femme sentit qu'elle pourrait le haïr davantage
pour des torts nouveaux. Sa jalousie lui dévoila

subitement la dignité de son titre d'épouse.

Parce qu'elle était devenue jolie, son mari n'était pas devenu laid. Parce qu'il lui plaisait d'être coquette, il ne cessait pas pour cela, lui, d'être galant. Éconduit par sa femme, l'irrésistible Guy Romain chercherait et trouverait encore des consolations. Et de quel droit Hélène lui défendrait-elle d'aimer une autre femme, si elle ne consentait point à croire à sa conversion? La fille de Martial découvrit avec terreur que la jalousie peut mordre même au cœur de la plus courtisée. Une sourde colère la fit rougir et pâlir, lorsque Guy, feignant des préoccupations d'homme charmé, passa auprès d'elle et lui sourit avec distraction.

Un coup d'œil suffit à l'amoureux pour observer Hélène, et l'émotion la plus délicieuse remua son cœur lorsqu'il vit le regard de sa femme s'arrêter sur lui avec colère, puis avec tristesse.

Impatient, Guy ramena sa valseuse à sa place et courut auprès de sa belle amie d'enfance. Il

la rejoignit au milieu d'un groupe d'admirateurs qui louaient ses yeux étincelants et l'éclat
de son beau visage.

— Hélène, demanda timidement le mari,
veux-tu m'accorder la dernière valse du bal,
puisque tu m'as parcimonieusement rogné la
première ?

Elle sortit du cercle, lui prit le bras, et, se
penchant à son oreille, elle allait lui répondre.
Il tressaillit au contact de la jolie bouche qui
effleurait son visage. La jeune femme eut à son
tour un frisson magnétique, et boudeuse, troublée, elle dit avec ennui :

— Je déteste l'impression que je ressens près
de toi. Je refuse de valser ta valse.

— Tant pis.

— Tu valseras avec une autre ?

— Si tu l'exiges.

— Pourquoi l'exigerais-je ?

— Parce qu'il te plaît, ce me semble, de me
voir la figure d'un mari amoureux... de quelque amante nouvelle.

— Ainsi, c'est pour me plaire que tu faisais tout à l'heure cette cour publique à ma plus jolie invitée?

— Oui.

— Menteur !

— Veux-tu que je te le prouve ?

— De quelle manière?

— En te faisant cette même cour.

— Non. Valse ailleurs!

— Et toi ?

— Moi, je veux savoir si c'est la valse, ou si c'est le valseur qui m'émeut, et je vais m'en convaincre à l'instant.

Comme elle s'éloignait :

— Hélène, lui dit son mari avec violence, je te le défends ! et, se reprenant il ajouta : je te supplie, moi présent, de ne pas m'imposer cette souffrance. Adieu !

— Mais enfin, Guy, répliqua-t-elle, tu ne peux m'aimer déjà ?

— Si, je t'aime déjà ! c'est la première fois

que j'aime ainsi. Mais j'ai dit mieux à mon père
et à Joséphine tout à l'heure.

— Quoi donc?

— Je t'aime, encore ! après vingt ans !

— Tu leur as confessé cela, tu te crois sincère ?

— Oui, car il y a deux heures à chaque tour
de cette valse qui m'a enivré et que je redc-
mande, il m'a semblé que je déroulais un à un
les fils multiples dont mes propres caprices m'a-
vaient enveloppé. Tout ce qui me liait à mon
existence d'aventure, au hasard, à la fantaisie,
à l'inconnu, s'est brisé, et je me suis senti libre
et digne soudainement de nouer mon bras autour de ta taille, de mourir ou de m'attacher.

— Guy, dit-elle, ne me regarde pas ainsi avec
ce beau regard que voilà. Ma vieille affection
fraternelle se réveille, ma vieille tendresse se
réchauffe, et tu vas me croire séduite.

— Hélène, moi, je ne suis pas séduit, je suis
ensorcelé. Malgré ma résolution de ne pas avouer
cet amour subit et renaissant écoute : Je t'aime

comme je n'ai jamais aimé, si ce n'est toi, dans
le passé.

— Tu me diras tout cela plus tard, lentement, et peut-être... Mais prends garde pour
toi-même de me confondre avec tes autres
bonnes fortunes.

— Je ne puis cependant te faire la cour
comme à ma femme, puisque tu ne le permets
pas, répliqua-t-il.

— Guy, comment le permettrais-je? Le jour où
j'acceptai ta main, tu me dis : en amour, je n'é-
pouserai jamais !

— Je l'ai dit plus d'une fois, à plus d'une,
et le destin, pour se railler de ma présomption,
pour humilier ma fatuité, pour dompter mon
orgueil, me jette, amoureux, aux pieds de celle
que j'ai épousée.

— Celle-là, mon ami, te relève et te rappelle à tes principes, répondit Hélène avec une
solennité railleuse. Elle accomplit son devoir et
tient ses serments. Que ta fierté fasse le reste.

— Ma fierté ! Je m'en moque !

Tous deux riaient. Le débat leur plut. Ils s'éloignèrent des groupes de danseurs et s'assirent dans l'un des coins les plus isolés de la serre.

— Hélène, je t'en conjure, laisse-moi te faire ma déclaration ce soir même, dit le jeune homme, en prenant la main de son amie. Demain, les meilleurs de mes arguments te paraîtront cherchés pour les besoins de ma cause. Laisse-moi te dire que tu es pour moi la plus belle d'entre toutes les belles, parce que tu es la beauté sans cesse poursuivie et sans cesse adorée des premiers rêves de ma jeunesse.

Hélène retira sa main doucement des mains de son mari. Son cœur battait. Elle écouta sa propre émotion plus que les paroles de Guy.

— Lorsque je t'ai écrit ma dernière lettre, Hélène, continua-t-il, sais-tu que j'étais tout prêt de t'aimer, telle que je t'avais laissée ?

— Laide, très-laide ?

— Oui.

— Sais-tu, toi, que je t'ai aimé dix ans, malgré ma laideur ?

— Tandis qu'aujourd'hui ?

— Aujourd'hui je suis belle, et je déteste tes aventures, dont il me semble que je dois me venger. Je les haïrais d'ailleurs même en t'aimant, puisqu'elles m'empêchent d'attendre de toi un amour que tu ne peux plus ressentir.

— Chère Hélène, regarde dans mes yeux, jusqu'au fond de ce cœur que tu connais bien, et vois, ô mon juge idolâtré, si ma confession est loyale. J'ai été désœuvré, curieux, passionné. J'ai aimé, soit pour distraire les longs jours ennuyeux de ma jeunesse, soit par vanité, soit par imagination. A Vérone, je me suis cru pour la première fois complétement amoureux avec mes sens et avec ma tête. Mes désillusions n'en ont été que plus cruelles, tu l'as compris, tu le sais. Je n'ai aimé que toi avec mon cœur. Ta beauté, ton esprit, mon amitié me font éprouver ce triple amour, toujours scindé, dont j'ai sans cesse désiré les douceurs, les attraits et les feux.

Hélène, le front courbé, les yeux à terre, la

poitrine soulevée par une agitation qu'elle ne
parvenait plus à maîtriser, laissa Guy se pencher vers elle, et poser l'une de ses mains brûlantes sur son épaule nue.

— Entends-moi, je t'aime et je n'ai aimé que
toi à travers mes aventures, Hélène, mon Hélène,
murmura-t-il en effleurant de ses lèvres le cou
de la jeune femme.

— Cela est vrai, peut-être, répondit-elle,
mais moi je veux la constance et la durée.

— Je t'offre mon amour après m'être lié,
répliqua Guy. N'est-ce pas accepter un engagement que j'ai toujours repoussé?

— Si tu devais m'être infidèle comme à tes
autres amours, ne t'engage pas, Guy, ajouta
Hélène suppliante. Interroge-toi longuement;
n'affirme rien, si tu as un seul doute. Il me
faut à moi, dans ce bonheur tardif, des certi-
tudes. Je n'ai aimé, je n'aimerai que toi, mais
seulement lorsque tu pourras, assuré de ta parole, me jurer de m'aimer toujours.

— Je n'ai encore donné qu'à toi la part d'amour qui contient la fidélité, puisque je n'ai aimé avec tendresse que toi, mon unique amie. Je n'ai eu qu'un sentiment durable depuis vingt-cinq ans : mon affection pour toi. A peine t'a-vais-je quittée lors de notre mariage qu'il me sembla vivre dans l'exil, loin de ton esprit. Enfin je te retrouve belle de la beauté dont la perte avait décidé du sort de mon cœur. Si j'ai dépouillé tout à coup mon infériorité morale, comme tu as dépouillé ton infériorité physique, qu'avons-nous à faire sinon de crier au miracle et de nous croire guéris ?

Il s'agenouilla, puis d'une voix tremblante :

— Hélène, dit le fils de Romain, je t'offre l'amour de ton mari, le seul qu'on puisse, vis-à-vis de soi et vis-à-vis des autres en même temps, jurer éternel !

La jeune femme se leva radieuse.

— Nos invités sont d'une discrétion presque indiscrète, et ne nous cherchent pas ! dit-elle, revenons parmi nos amis.

— Tu me quittes alors sans me répondre ?
murmura Guy avec reproche.

— J'accepte ton amour et j'y crois, dit Hélène, si pâle et si émue que son mari fut obligé
de la soutenir et de l'enlacer.

On valsait encore. Guy, pressant sa bien-aimée
sur son cœur, l'emporta dans le salon rouge,
et dansa autour de la statue d'Hélène Dioscure comme autour d'une divinité protectrice.

Martial et Romain, que les jeunes gens fro-
lèrent en valsant, crurent voir le marbre se
pencher au milieu du feuillage et la mère bénir
ses enfants.

— O ma belle passion, répétait Guy, laisse-
moi t'adorer. Cher idéal, réalise-toi ! Hélène,
mon amante, ne m'éloigne point, ne me chasse
pas !

— Que veux-tu dire ? demanda-t-elle palpitante.

— Je veux ne plus te quitter, demeurer
dès ce soir auprès de toi...

Comme elle résistait encore, il ajouta :

— Décide, j'obéirai. Je ne suis pas ton mari, je suis ton plus humble esclave.

— Et moi, balbutia Hélène avec abandon, je suis ta femme !

FIN

Imprimerie générale de Châtillon-sur-Seine, Jeanne Robert.